Für Karla

»Die Schutzengel unseres Lebens
fliegen manchmal so hoch,
dass wir sie nicht mehr sehen können,
doch sie verlieren uns niemals
aus den Augen.«

(Jean Paul, 1763 – 1825)

Die Herausgeberin:
Christine Jakob, geboren 1958 in Dortmund, Journalistin
und Redakteurin, viele Jahre in der Verlagsbranche tätig,
ehrenamtliche Seniorenbegleiterin.

Zauberhafte Winter-Wunsch-Zeit

Wärmende Geschichten
für die Seele

Herausgegeben von
Christine Jakob

Inhalt

Kapitel 3
Wenn die Einsamkeit mich berührt 98

Kapitel 4
Zauberhafte Weihnachtszeit 138

»Nichts ist beneidenswerter
als eine Seele,
die schwärmen kann ...«

(Theodor Fontane, 1819 – 1898)

Liebe Leserin, lieber Leser!

Ich schwärme für Schneemänner, denn sie sind seit langer Zeit ein freundliches Sinnbild für die kalte und gemütliche Jahreszeit. Erschaffen von Kinderhänden symbolisieren sie heute einen idyllischen Winter. Das war nicht immer so. Im 18. Jahrhundert, als erstmalig Schneemänner in den Gärten zu sehen waren, drückten sie die Sehnsucht der Menschen nach einem baldigen Ende der harten und entbehrungsreichen Winterzeit aus. Die Schneemänner hatten damals einen eher grimmigen Gesichtsausdruck, und erst im 19. Jahrhundert gewinnen sie nach und nach ihre so fröhliche Ausstrahlung, die uns heute allen direkt ins Herz geht.
Diese Fröhlichkeit ist der Grund, warum das Buch, das Sie in der Hand halten, einen Schneemann auf dem Umschlag zeigt. Ge-

rade die dunkle Jahreszeit ist für viele Menschen, egal ob noch jung oder schon älter, die schwierigere, eben weil es oft an Freude, Geselligkeit und Licht fehlt. Dieser Mangel – nicht selten mit einem Gefühl der Einsamkeit – verursacht bei vielen Menschen den so genannten »Winterblues«, eine anhaltende traurige Grundstimmung.

Genau hier möchte ich Sie einladen, Geschichten zu lesen oder anderen vorzulesen, die selbst vielleicht nicht mehr dazu in der Lage sind. Die Auswahl, die Sie hier finden, ist nicht nach besonderer, literarischer Qualität oder Bekanntheitsgrad der Autoren getroffen, sondern sie versammelt die Geschichten, die mich selbst berühren: Geschichten von Hoffnung, Geborgenheit und Wärme, die es möglich machen, für einen kurzen Augenblick in eine kleine andere zauberhafte Welt zu schauen. Vielleicht inspiriert Sie dieses Buch ja dazu, etwas Neues zu finden, wofür auch Sie schwärmen können ...

Herzlich
Christine Jakob

Kapitel 1

Das Leben ist bunt

»Jeder,
der sich die Fähigkeit erhält,
Schönes zu erkennen,
wird nie alt werden.«

(Franz Kafka, 1883 – 1924)

Die klugen Papageien

Es war einmal ein Mann, der liebte Papageien über alles. Eines Tages beschloss er, die klügsten Papageien der Welt zu züchten und kaufte zwei Papageieneier. Diese legte er in einen Brutkasten und wartete geduldig darauf, dass die Küken schlüpften. Er zog sie groß und brachte ihnen alles bei, was er wusste. Sie lernten Naturwissenschaft und Geschichte, und auch klassische Musikstücke spielte der Mann ihnen vor. Die beiden waren sehr gelehrig und verstanden schnell, was von ihnen verlangt wurde.

So wuchsen die Papageien heran und wussten im Lauf der Zeit mehr und mehr, und als sie ausgewachsen waren, waren sie so klug wie mancher Mensch nicht. Sie konnten zum Beispiel die Symphonien von Beethoven perfekt wiedergeben, sie kannten die Newton'schen Gesetze und alle möglichen komplizierten Formeln auswendig.

Eines Tages aber starb ihr Lehrer, und die beiden Papageien blieben allein im Haus zurück. Als die Verwandten des Mannes kamen, um seinen Nachlass zu ordnen, fand sich niemand, der sich um die Papageien kümmern wollte. So stellten sie den Käfig ans Fenster und öffneten die Käfigtür. Die beiden klugen Papageien hüpften geschwind heraus auf einen Baum vor dem Fenster. Sie kletterten von Ast zu Ast und kamen schließlich fast in der Baumspitze an, auf der ein fremder wilder Papagei saß.

Die beiden Klugen begannen eine Unterhaltung. »Wir sind sehr gebildete Papageien, wir verstehen etwas von Naturwissenschaft, von Literatur und auch von Musik«, ließen sie den wilden Papagei wissen.

Dieser war sichtlich beeindruckt, und die beiden prahlten immer weiter mit ihren Talenten und sagten Gedichte und Formeln auf.

Staunend verfolgte der wilde Papagei die Vorführung der beiden klugen Papageien. Sie wussten so viel und er so wenig.

Gerade als die beiden eine schwierige klassische Musikkomposition zum Besten gaben, sah der wilde Papagei aus dem Augenwinkel eine Katze am Fuß des Baumes sitzen. Sie hatte die Vögel erblickt und schickte sich an, den Stamm hinaufzuklettern. Der wilde Papagei fragte die beiden klugen Papageien: »Versteht ihr beiden denn auch etwas vom Fliegen?«

»Selbstverständlich. Der Luftdruck unter unseren Flügeln ist höher als darüber, und das befähigt uns zu fliegen«, erklärten sie großspurig.

»Nein, nein, nicht in der Theorie – ich meine, könnt ihr wirklich fliegen?«, fragte der wilde Papagei.

»Nein, aber wir wissen so vieles, da kommt es auf diese eine Kleinigkeit sicher nicht an«, erwiderten die beiden Papageien selbstbewusst.

In diesem Moment breitete der wilde Papagei seine Flügel aus und schwang sich in die Luft. Als er hoch über dem Baum schwebte, rief er den beiden klugen Vögeln zu: »Ihr wisst wirklich eine Menge, aber worauf es wirklich ankommt, davon habt ihr keine Ahnung. Ein gutes Leben euch!«

Prem Rawat

Die anderen Brücken

»Du hast einen schönen Beruf«, sagte das Kind zu dem alten Brückenbauer, »es muss schwer sein, Brücken zu bauen.«

»Wenn man es gelernt hat, ist es leicht«, sagte der Brückenbauer, »es ist leicht, welche aus Beton und Stahl oder Holz zu bauen. Die anderen Brücken sind sehr viel schwieriger, die baue ich in meinen Träumen.«

»Welche anderen Brücken?«, fragte das Kind. Der alte Mann sah das Kind nachdenklich an. Er wusste nicht, ob es verstehen würde, was er meinte. Dann sagte er: »Ich möchte eine Brücke bauen von der Gegenwart in die Zukunft. Ich möchte eine Brücke bauen von einem zum anderen Menschen, von der Dunkelheit in das Licht, von der Traurigkeit zur Freude. Ich möchte eine Brücke bauen von der Zeit zur Ewigkeit über alles Vergängliche hinweg.«

Das Kind hatte aufmerksam zugehört. Es hatte nicht alles verstanden, spürte aber, dass der alte Brückenbauer traurig war. Weil

es ihm eine Freude machen wollte, sagte das
Kind: »Ich schenke dir meine Brücke.«
Und das Kind malte für den Brückenbauer
einen bunten Regenbogen.

Verfasser unbekannt

enk an den Regenbogen

Wenn ihr euch fürchtet,
dann denkt an den Regenbogen
in der Nacht,
dann tut euch zusammen,
jede und jeder mit der eigenen Farbe,
und überzieht den Himmel
mit den Farben der Liebe.

Aus Irland

Das vertrocknete Brot

Als nach dem Tod eines alten Mannes, eines Arztes, seine Söhne daran gingen, den Nachlass zu ordnen, fanden sie in einer Vitrine mit allerhand wertvollen Erinnerungstücken einen grauen Klumpen.

Beim genauen Hinsehen merkten sie, es war ein Stück vertrocknetes Brot. Sie wunderten sich, waren ratlos, aber ahnten auch, dass der Vater nichts aufbewahrt hatte, was nicht von besonderem Wert für ihn war. Die Haushälterin konnte das Rätsel lösen. Sie erzählte: In den Hungerjahren nach dem Weltkrieg hatte der alte Herr einmal schwer krank darniedergelegen. Zu der akuten Erkrankung war ein allgemeiner Erschöpfungszustand getreten, sodass die Ärzte bedenklich die Stirn runzelten, etwas von kräftiger Kost murmelten und dann resigniert die Achseln zuckten.

Damals hatte ein Bekannter ein halbes Brot geschickt mit dem Wunsch, der Medizinalrat möge es getrost essen, damit er ein wenig zu Kräften komme. Es sei gutes, vollwertiges Schrotbrot, das er selbst von einem Ausländer erhalten habe.

Zu dieser Zeit aber habe gerade im Nachbarhaus die kleine Tochter des Lehrers krank gelegen, und der Medizinalrat hatte es sich versagt, das Brot selbst zu essen, sondern es den Lehrersleuten hinübergeschickt: »Was liegt an mir altem Manne«, habe er dazu gesagt, »das junge Leben dort braucht es nötiger!«

Wie sich aber später herausstellte, hatte auch die Lehrersfrau das Brot nicht behalten wollen, sondern an die alte Witwe weitergegeben, die in ihrem Dachstübchen ein Notquartier gefunden hatte. Aber auch damit war die seltsame Reise des Brotes nicht zu Ende. Die Alte mochte ebenfalls nicht davon essen und trug es zu ihrer Tochter, die nicht weit von ihr mit ihren beiden Kindern in einer kümmerlichen Kellerwohnung Zuflucht gefunden hatte.

Die hingegen erinnerte sich daran, dass ein paar Häuser weiter der alte Medizinalrat krank lag, der einen ihrer Söhne kürzlich

in schwerer Krankheit
behandelt hatte, ohne
dafür etwas zu for-
dern. Nun ist die Gele-
genheit, so dachte sie,
dass ich mich bei dem
freundlichen alten Herrn
bedanke. Sie nahm das halbe
Brot unter den Arm und ging damit
zur Wohnung des Medizinalrates.

»Wir haben es sogleich wiedererkannt«,
schloss die Haushälterin, »an der Marke, die
auf dem Boden des Brotes klebte und ein
buntes Bildchen zeigte.

Als der Medizinalrat sein eigenes Brot wieder in Händen hielt, war er maßlos erschüt-
tert und sagte: ›Solange noch Liebe unter
uns ist, die ihr letztes Stück Brot teilt, solange habe ich keine Furcht um uns alle!‹

Das Brot hat er nicht gegessen. Vielmehr
sagte er zu mir: ›Wir wollen es gut aufhe-
ben, und wenn wir einmal kleinmütig werden wollen, dann müssen wir es anschauen.
Dieses Brot hat viele Menschen satt gemacht, ohne dass ein Einziger davon geges-

sen hätte. Es ist wie ein heiliges Brot, das zum sichtbaren Willen Gottes wurde und zum Beweis dafür, dass sein Wort auf guten Boden gefallen ist!‹

Damals legte es der Medizinalrat in die Vitrine, und ich weiß, dass er es oft angeschaut hat.«

Günther Schulze-Wegener

Die Katzen meines Lebens

Ich bin eine ausgesprochene Katzenliebhaberin. Als ich ungefähr sieben Jahre alt war, bin ich mit meinen Eltern in ein altes Bauernhaus gezogen, in dem zwar keine Menschen mehr wohnten, dafür aber noch eine alte Katze. Anfangs war sie uns gegenüber sehr misstrauisch, was sich aber durch regelmäßige Fütterungen bald legte. Als sie Junge bekam, schenkte sie mir ein kleines Kätzchen. Besser gesagt, sie warf es mir vor die Füße, weil sie lieber schnell wieder auf Brautschau gehen wollte. Ich päppelte das Kätzchen mit einer kleinen Trinkflasche auf, und es begann eine lange Freundschaft zwischen uns.

Ich hatte gehört, dass Katzen am liebsten Namen mit den Buchstaben A, U und I hören, was die Wahrscheinlichkeit, dass sie gehorchen, wenigstens ein wenig ansteigen lässt. Aber mir gefiel ja gerade die Eigenwilligkeit der Tiere, und darum nannte ich sie Käthe.

Mit den Jahren kamen noch einige Katzen hinzu, und als ich dann irgendwann von zu Hause auszog, blieben die Katzen bei meinen Eltern. Ich lernte meinen Mann kennen und infizierte ihn mit meiner Katzenliebe. Anfangs fand er sie zwar nett, aber irgendwie doch eher furchterregend. Susi allerdings eroberte sein Herz im Sturm. Die Familie, von der wir sie hatten, bekam weiteren Katzennachwuchs.

Weil sie aber schon vier Katzen hatten, brachte die Frau des Hauses eines Tages ein kleines Katzenbaby in einer weißen Ledertasche zu uns, sodass fortan Tante und Nichte bei uns ihr Zuhause fanden. Eingedenk der Namensregel hießen sie Susi und Luci. Sie zerlegten in Gemeinschaftsarbeit eine Wohnzimmercouch, obwohl sie natürlich einen Kratzbaum hatten, den sie jedoch nur zu gelegentlichen Mittagsschläfchen, niemals aber zum Schärfen der Krallen benutzten. Sie schenkten meinem Mann großzügig etwas von ihren wärmenden Haaren, die auf seinem schwarzen Anzug allerdings weniger schmückend waren als an ihnen selbst.

Luci entwickelte ganz entzückende Eigenschaften. Wenn wir, was gelegentlich vorkommt, morgens mal im Bett frühstücken wollten, bereitete ich die Köstlichkeiten vor und drapierte sie auf einem rollbaren Teewagen, um sie damit ins Schlafzimmer zu fahren. Sobald Luci das Geräusch der Räder hörte, kam sie in die Küche und stieg auf die untere Etage, um mitzufahren. Wir fanden das so putzig, dass sie natürlich etwas vom Frühstücksei abbekam.

Wenn es, wie bei uns an der Küste üblich, in den Sommermonaten Nordseekrabben gab, die ich am Küchentisch selbst auspulte, gab es ein sehenswertes Schauspiel. Beide Katzen umschnurrten mich, um möglichst viele der Krabben probieren zu können. Dauerte es zu lange, bis ich ihnen wieder ein Stück zugestand, machten sie mit einem freundlichen Pfotenhieb auf sich aufmerksam. Wurde Luci am Abend müde, ermahnte sie mich mehrmals, dass wir nun zu Bett gehen müssten, denn wie alle Katzen von Katzennarren durfte sie in meinem Bett schlafen.

Zu den beiden Katzen im Haus gesellte sich dann noch ein streunender Gartenkater, der uns zugelaufen war. Er wollte aber nicht ins Haus, sondern war nur an den regelmäßigen Fütterungen interessiert, die er aber am liebsten aus der Hand des Hausherrn entgegennahm. Ich hatte mal versucht, ihn anzufassen. Das nahm er übel.

Manchmal kam er arg mitgenommen von seinen Ausflügen zurück. Ein Ohr war eingerissen, der Schwanz hatte einen Knick, und sein Fell war strubbelig. Wenn die Fütterung zu lange auf sich warten ließ, sprang er mit einem Satz von außen auf die Fensterbank des Küchenfensters und gab dort laut seine Bestellung auf. Am besten verstand er sich mit den Brüdern der Landstraße, die manchmal bei uns im Garten ein Nickerchen machten. Ich vermute, es handelte sich um viele gemeinsame Erfahrungen, die Kater und Brüder da hatten machen müssen.

Als mein Mann einmal eine alte Frau besuchte, die sich langsam von dieser Welt verabschiedete, bescherte uns das eine vierte

Katze. Nuschi, so hieß die ebenfalls bereits betagte Katzendame, hatte lange Jahre mit ihrem Frauchen eine Dackelzucht geleitet und war nun als einziges Tier der alten Dame übrig geblieben. Die alte Dame konnte es nicht übers Herz bringen, Nuschi ins Tierheim zu geben. Das Versprechen meines Mannes, sie käme dann zu uns, wenn sich keine andere Lösung fände, half der alten Dame, in Frieden gehen zu können. So zog Nuschi bei uns ein.

Bei uns im Haus entbrannte ein Kleinkrieg zwischen den drei Damen. Man belagerte sich gegenseitig, kämpfte um die liebsten Schlafplätze und vor allem wohl um unsere Gunst. Wenn es gar zu arg wurde, verordneten wir ihnen eine Therapie, die darin bestand, dass alle drei für eine Stunde in ein kleines Zimmer gesperrt wurden. Denn sobald wir weg waren, verstanden sie sich wunderbar. Jede war einzigartig, hatte einen eigenen Charakter, eigene Marotten und vor allem aber einen eigenen Kopf.

Nach und nach mussten wir uns von allen Katzen verabschieden, tränenreich, wie all diejenigen unter Ihnen verstehen werden, die auch ein Tier haben oder hatten.

Nun haben wir keine Katze mehr. Die Sofas halten viel länger und wir können dunkle Kleidung ganz ohne Katzenhaare tragen, aber es ist auch ein bisschen einsamer ohne sie.

Rita Kusch

Spaziergang im Nebel

Nebeltage waren irgendwie traurige Tage. Regen an einem Samstag war noch schlimmer, und ganz blöd war es, wenn zum Nebel auch noch Wind und Kälte kamen. Dann nämlich konnte man nicht einmal so richtig draußen unterwegs sein. Ganz arg traurig war das dann.

»Das ist kein Grund zum Quengeln«, schimpfte mein Großvater, der es nicht leiden konnte, wenn man über das Wetter meckerte. »Es gibt kein schlechtes Wetter, es gibt ...«

»... nur die falsche Kleidung«, ergänzte sein Enkel Pit, der diesen Satz schon oft, nein, schon sehr oft aus Großvaters Mund gehört hatte.

»Genau«, sagte Großvater, »und deshalb ziehen wir uns die richtigen Klamotten für diese Witterung – ja, er sagte ›Witterung‹ und nicht ›Wetter‹ – an und gehen an die frische Luft. Mir ist gerade nach Wald und einer kleinen Wanderung.«

»Wandern? Jetzt?« Enkelin Pia war nicht begeistert. »Nebelluft riecht nicht frisch. Und unheimlich ist sie auch.«

»Unheimlich?« Pit, der auch keine große Lust darauf hatte, bei dieser nassen Kälte durch den Wald zu wandern, horchte auf. Im Nebelwald konnte es bestimmt ganz witzig sein. »Unheimlich klingt spannend«, sagte er zögernd. »Ich komme mit. Wir suchen das unheimliche Abenteuer ...«

Pia war wenig begeistert, und sie stellte sich vor, wie Nebelgeister und Schleierhexen im Wald in den Bäumen und hinter Büschen hockten und grausig heulten. Wie Geister es eben so tun. »Spannend ist cool«, sagte sie. Cool war es dann auch. Kalt nämlich und nass. Sehr nass sogar, denn es hatte nun auch noch zu nieseln begonnen.

»Das ist mir aber ein scheußliches Erkältungswetter«, schimpfte Großvater, der sich nie über das Wetter beklagen wollte, nach einer Weile laut.

Das stimmte. Die Geschwister froren erbärmlich, und sonderlich spannend war es hier auch nicht. In der Tannenschonung hingen die Nebelfetzen so dicht, dass man keine drei Meter weit blicken und schon gar keine Geister sehen konnte. Da war nur Grau. Und ringsum tröpfelte und knackte es, und irgendwo im Nichts schwang sich ein Eichhörnchen durchs Geäst. Ein Krähenpaar flog mit einem lauten Schimpfen über den Weg und verschwand in der grauen Nebelwaldwelt. Ein bisschen unheimlich klang das schon, fühlte sich aber auch irgendwie spannend an.

Großvater nieste, und das klang fast unheimlicher als alle Geister des Waldes zusammen. Wenn er nämlich einmal mit dem Niesen angefangen hatte, konnte er so schnell damit nicht mehr aufhören.

»Du verjagst alle Geister«, schimpfte Pia und lachte.

Auch Pit grinste. »Das ist der Fluch der Nebelgötter und ihrer Grauhexen«, sagte er. »Sie verzaubern alle Menschen, die sie in ihrer Nebelwelt stören, und schicken ihnen das große Niesen. Damit treiben sie sie in die Flucht.«

Großvater konnte darüber nicht lachen.

Wie auch? Er musste ja niesen.

»Ich glaube, diese Nebelnässe ist nicht sehr gesund. Ha-ha-hatschi! Lasst uns umkehren und im Forsthauscafé einen heißen Tee oder Kakao trinken, mit Kuchen und allem Drum und Dran.«

Das klang nun zwar nicht mehr nach einem unheimlichen Abenteuer aber nach einem warmen und süßen. Und gesünder war es – für heute – auch. Darin waren sich alle drei einig.

Elke Bräunling

Einer ist dankbar

Ich nenne ihn Herrn Heinrich. Das ist sein Vorname. Es war in der Zeit vor dem Kriege, als ich ihn kennenlernte, in Berlin. Ich wohnte in einem möblierten Zimmer. Der Redakteur, für den ich arbeitete, riet mir zu einem Leerzimmer; das sei billiger. Ich solle mal zu Herrn Heinrich gehen, der habe eins, womöglich könne er mir aber auch eins besorgen.

Herr Heinrich war damals, ich schätze, fünfzig Jahre alt. Er war in Australien gewesen. Der Redakteur sagte mir, er sei freier Schriftsteller und arbeite auch für ihn. Er schreibe Geschichten über Australien, meist Tramp Geschichten, sehr gut. Bei der Arbeit trage er einen Cowboyhut und knalle mit einer Peitsche; das brauche er, um in der rechten Stimmung zu sein.

Es war ein großes, so genanntes hochherrschaftliches Haus, im Stil der Jahrhundertwende, in dem Viertel südlich des Tiergartens. Dort, im vierten Stock, war die

Wohnung, in der Herr Heinrich sein Leerzimmer hatte. Aber nicht nur Herr Heinrich hatte dort sein Leerzimmer.

An der Tür der Wohnung waren, um die einzige Klingel herum, acht Briefkästen angebracht, an jeden war eine Visitenkarte geheftet, darauf stand der Name und »Bitte dreimal klingeln, zweimal kurz, einmal lang« oder »…einmal kurz, zweimal lang«. Auf der Visitenkarte von Herrn Heinrich stand: »Bitte viermal klingeln, zweimal kurz, zweimal lang!« Ich klingelte gehorsam, aber als ich den Herrn, der die Tür öffnete, fragte, ob er Herr Heinrich sei, fing er an zu schimpfen und schlug die Tür zu. Ich klingelte noch einmal, diesmal besonders exakt. Es dauerte eine Weile, bis ich hinter der Wohnungstür das Schlurfen von ausgetretenen Hausschuhen hörte.

»Wer ist da?«, fragte eine Stimme. Ich sagte meinen Namen und fügte hinzu, Herr Redakteur Soundso habe mich geschickt. Die Wohnungstür wurde aufgerissen, ein großer, stattlicher Herr stand vor mir: ungekämmt, noch nicht rasiert, im Bademantel, barfuß halb in Filzpantoffeln.

»Bitte sehr, treten Sie ein! Sie müssen entschuldigen! Ich lag noch im Halbschlaf. Ich
dachte gerade darüber nach, ob ich aufwachen sollte. Aber nicht wahr, zuerst haben
Sie nur einmal kurz zweimal lang geklingelt?«
Er schob mich durch einen dunklen langen
Korridor, um eine Ecke herum, dann in ein
helles, völlig leeres Zimmer. Das Einzige,
was darin war, war ein wundervoller Ausblick auf Berlin: über den Tiergarten hin,
aufs Brandenburger Tor.

Während ich hinausblickte, war Herr Heinrich durch eine zweite Tür verschwunden;
jetzt kam er, in jeder Hand eine Lehne, mit
zwei Stühlen zurück, die er hinter sich her-
zog.

»Setzen Sie sich, bitte!«, sagte er, stellte die
Stühle einander gegenüber, und wir setzten
uns. Er sah mich höflich an, in Erwartung,
dass ich etwas sagte. Ich erklärte ihm den
Grund meines Kommens. Da sprang er auf,
sein Gesicht entspannte sich, er fasste seinen Stuhl bei der Lehne und sagte: »Kommen Sie! Wenn es weiter nichts ist, können
wir nebenan hineingehen. Ich dachte: Weil

Sie von der Redaktion kommen, Sie seien etwas Besonderes.«

Ich nahm meinen Stuhl und folgte ihm. »Bitte, dies ist mein Leerzimmer!«, sagte er. »Sie sehen, man braucht gar nicht viel, um es zu möblieren.«

In der Tat, das Zimmer war so gut wie gar nicht möbliert. Es enthielt die beiden Stühle, vorm Fenster einen zusammenklappbaren Tisch, statt eines Kleiderschrank seinen Bogen Packpapier auf dem Boden, mit Anzügen und Schuhen darauf, eine Matratze auf Holzklötzen, ein eingebautes Waschbecken, darüber, an einem Nagel in der Wand, ein Teesieb. Ja, und über der Matratze hingen an einem Nagel der Cowboyhut und die Peitsche.

»Setzen Sie sich, setzen Sie sich!«, sagte Herr Heinrich. »Hier können wir's uns bequem machen. Haben Sie schon gefrühstückt? Was trinken Sie lieber ohne Milch und Zucker? Kaffee oder Tee? Ich habe beides. Nur nicht Milch und Zucker.« Er holte unter dem Tisch einen Spirituskocher hervor und stellte ihn in die Mitte des Tisches. Eine zweite Tasse hatte er nicht, ich bekam ein Senfglas.

Ohne vom Stuhl aufzustehen, öffnete er das Fenster. Es hatte den gleichen schönen Ausblick auf Berlin wie das Fenster nebenan. Er fasste in die Dachrinne und holte – ohne vom Stuhl aufzustehen! – eine Handvoll in Papier eingewickelte Wurstenden hinein. »Mein Kühlschrank«, sagte er. »Die Wurstenden sind von Wertheim.

Vierzig bis achtzig Pfennig das Pfund. Je nachdem, ob Zipfel oder geplatzt. Freitags- und sonnabends billige Wursttage. Müssen Sie sich merken. Wer billig lebt, lebt auch. Die Matratze habe ich bei einem Tapezierer aufgestöbert. Nichts dafür bezahlt. Er war froh, als ich sie ihm wegbuckelte. Schneiden Sie schon mal Brot! Haben Sie ein Taschen- messer? An meinem ist nur noch die kleine Klinge ganz.«

Er sprach unaufhörlich. Er sagte, es sei so schön, dass er Besuch habe. Während des Kaffeetrinkens fragte er plötzlich: »Wie spät ist es eigentlich? Haben Sie eine Uhr?«

Als ich ihm sagte, es sei kurz nach elf, sprang er auf: »Du liebe Zeit! Um neun Uhr bin ich verabredet! Da muss ich mich aber beeilen.«

Herr Heinrich und ich wurden Freunde. Während des Krieges verloren wir uns. Erst nach dem Krieg erfuhr ich, dass er im Konzentrationslager gewesen sei, dann im Gefängnis. Es gehe ihm gesundheitlich nicht gut. Er sei viel krank. Aber ich wisse ja, er sei zäh. Er bekomme eine kleine Rente, und wenn er sich wohlfühle, schreibe er noch immer für Zeitungen.

»Er wohnt jetzt in Lichterfelde, hat ein kleines möbliertes Zimmer, mit einer Kochnische, und führt sein Leben genauso wie früher – na, Du kennst ihn ja: anspruchslos, zufrieden, glücklich. Wenn Du nach Berlin kommst, besuche ihn doch, bitte! Er wird sich bestimmt freuen.«

Leider dauerte es noch Jahre, bis ich wieder nach Berlin kam. Aber dann besuchte ich ihn. Er war ein alter Herr geworden, von über achtzig Jahren. Als ich eintrat, lag er auf dem Bett, im Arm einen Spazierstock. Er wollte aufspringen, aber er konnte sich nur mühsam erheben. Dann aber stand er wieder vor mir: groß und stattlich, ungebeugt, allerdings auf den Stock gestützt. Er war selbstverständlich nicht rasiert. Dennoch war sein Gesicht schön, weil es von Lebensfreude leuchtete.

»Nein, o nein! Dass ich Sie wiedersehe! Ich gehe sofort einkaufen. Wir trinken zusammen eine Flasche Rotwein!«

»Die habe ich schon mitgebracht«, sagte ich. »Im Laufe der Jahre habe ich ja gelernt, was Sie gern trinken.«

Er wehrte ab. »Sie sind mein Gast! Essen Sie gern Würstchen? Ich habe noch ein Paar da. Bratwürstchen! Ich setze sofort die Pfanne auf.«

Ich konnte ihn nicht davon abhalten. Aber wenigstens konnte ich ihn dazu bewegen, dass er ein Würstchen selber aß.

Als ich gehen wollte, sagte er: »Halt! Sie haben keinen Rotwein bei mir getrunken, dafür trinken Sie jetzt –«

Er lächelte geheimnisvoll, nahm seinen Stock und ging an einen Verschlag. »Wissen Sie, was das ist?« Er hielt zärtlich eine Flasche in der Hand.

»Der feinste Himbeergeist! Barbara hat ihn mir geschenkt. Sie kennen doch Barbara noch? Aber ich rühre die Flasche nicht an. Ich nicht! Nur Sie dürfen einen Schluck trinken.«

Er holte sein einziges Weinbrandglas und goss andächtig ein. Es war ein köstlicher Schluck!

»Nicht wahr?«, sagte er. »Nun verstehen Sie, warum ich mir die Flasche aufhebe.«

Er korkte sie wieder zu und stellte sie zurück in den Verschlag. »Die ist nämlich für die große Reise!«

Er sah mich spitzbübisch an.

»Wissen Sie, wenn es nämlich so weit ist, ich meine, wenn ich fühle, jetzt ist es so weit, dann angle ich mir die Flasche, notfalls mit meinem Spazierstock, aus dem Verschlag, und dann trinke ich sie langsam, Schluck um Schluck, aus, jeden Schluck noch einmal genießend. Hoffentlich bleibt mir so viel Zeit, dass ich nichts übriglassen muss! Das wäre schade. Ja, und dann – dann komme ich da oben bei dem alten Herrn so heiter und beschwingt an, wie er es verdient. Und wenn er mich fragt: Na, Heinrich, wie war's denn? – dann sage ich: Lieber Gott, ach, es

war wunderbar! Es war ein herrliches Leben!
Ich danke dir!«

Hansjürgen Weidlich

Fatima und ihr Glück

Einst lebte in einer Stadt im fernsten Westen ein Mädchen mit Namen Fatima. Sie war die Tochter eines erfolgreichen Spinners.

Eines Tages sagte der Vater zu ihr: »Komm, meine Tochter, wir wollen eine Reise machen, denn ich muss auf den Inseln des Mittelmeeres einem Geschäft nachgehen. Vielleicht lernst du einen hübschen jungen Mann in guter Position kennen, den du heiraten kannst.«

Sie brachen auf und reisten von Insel zu Insel, der Vater ging seinem Handel nach, und Fatima träumte von dem Ehemann, der ihr bald angehören würde. Eines Tages aber, sie waren auf dem Weg nach Kreta, kam ein Sturm auf, und Fatima und ihr Vater erlitten Schiffbruch. Fatima wurde in der Nähe von Alexandria halb bewusstlos an den Strand geschwemmt. Ihr Vater war gestorben, und sie nun völlig mittellos.

Nur dunkel konnte sie sich an ihr früheres Leben erinnern, denn das Erlebnis des

Schiffbruches und die Zeit, in der sie dem
Meer preisgegeben war, hatten sie völlig erschöpft.

Wie sie nun am Strand entlangging, traf sie
eine Familie von Tuchwirkern. Obgleich sie
arm waren, nahmen diese das Mädchen zu
sich in ihre dürftige Hütte und lehrten sie ihr
Handwerk. So baute Fatima sich ein neues
Leben auf, und nach einem oder zwei Jahren
war sie glücklich und mit ihrem Schicksal
ausgesöhnt.

Aber als sie eines Tages wieder am Strand
entlanglief, kam eine Bande Sklavenhänd-
ler, ergriff sie und nahm sie zusammen mit
anderen Gefangenen mit sich fort.

Fatima weinte bitterlich über ihr Los, stieß
aber bei den Sklavenhändlern auf keinerlei
Verständnis; sie nahmen sie mit nach Istanbul und wollten sie dort als Sklavin verkau-
fen. Zum zweiten Mal war Fatimas Welt völlig nun zusammengebrochen.

Nun wollte es das Glück, dass nur wenige
Käufer auf dem Markt waren. Einer dieser
Männer hielt Ausschau nach Sklaven, die auf
seinem Zimmermannsplatz arbeiten sollten,

wo er Schiffsmasten herstellte. Als er die unglückliche Fatima in ihrer Mutlosigkeit sah, entschloss er sich, sie zu nehmen, weil er dachte, dass er ihr auf diese Weise vielleicht ein etwas leichteres Los verschaffen könnte, als wenn irgendein anderer sie kaufte.

Der Zimmermann nahm Fatima mit sich nach Hause und wollte sie für seine Frau als Dienstmagd einstellen. Aber als er zu Hause ankam, musste er erfahren, dass er sein ganzes in einer Schiffsladung investiertes Geld verloren hatte; das Schiff war von Seeräubern gekapert worden. So konnte sich der Zimmermann keine Arbeiter mehr leisten, und Fatima, sein Weib und er blieben ganz allein mit der schweren Arbeit, Schiffsmasten zu bauen.

Fatima war ihrem Brotherrn dankbar für die Rettung auf dem Sklavenmarkt und arbeitete so hart und so gut, dass der Zimmermann ihr die Freiheit schenkte und sie zu seinem Verwalter machte. So kann man sagen, dass Fatima letztlich auch in ihrer dritten Laufbahn dann doch einigermaßen glücklich wurde.

Eines Tages schickte
der Zimmermann
Fatima mit einer La-
dung Schiffsmasten
nach Java. Dort sollte
sie einen guten Gewinn
erzielen. Fatima reiste ab,
doch als das Schiff an der Küste
Chinas entlangfuhr, kam ein großer Sturm
auf, ein Taifun, und wieder geschah es, dass
Fatima auf den Strand eines fremden Landes geworfen wurde. Wieder einmal weinte
sie bittere Tränen, fühlte sie doch, dass
nichts in ihrem Leben so lief, wie sie es er-
hoffte. Immer dann, wenn sich irgendetwas
gut anfühlte, trat ein Ereignis ein, das alle
Hoffnungen zerstörte.
»Warum«, so rief sie nun zum dritten Mal,
»warum ist es so, dass mir alles, was ich an-
fange, ein Unglück bringt? Warum muss mir
so viel Leid widerfahren?« Aber es gab keine
Antwort. So richtete sie sich mühsam auf,
um ins Land hineinzuwandern.
Nun hatte zwar niemand in China je etwas
von Fatima gehört oder irgendetwas von ih-

rem Unglück erfahren, aber es gab eine Legende, nach der eines Tages ein Fremdling, eine Frau, ankommen und fähig sein würde, ein Zelt für den Kaiser zu machen. Und nachdem es bislang niemanden in China gab, der Zelte bauen konnte, sahen alle mit äußerster Erwartung der Erfüllung dieser Vorhersage entgegen.

Damit dieser Fremdling, wenn er ankommen sollte, auch gesehen und bemerkt würde, beauftragten die Kaiser von China alle Städte und Dörfer des Landes, einmal im Jahr Herolde zu senden, die nach einer Frau aus der Fremde Ausschau halten sollten, um sie bei Hofe vorzustellen.

Als Fatima in der Nähe der chinesischen Küste in eine Stadt kam, sprachen die Leute sie an und erklärten ihr, dass sie zum Kaiser gehen sollte.

Als Fatima vor den Kaiser gebracht wurde, fragte er sie: »Werte Frau, kannst du ein Zelt machen?«

»Ich denke schon«, antwortete Fatima. Sie bat um Seile, aber es gab keine. Da erinnerte sie sich an ihre Zeit als Spinnerin, sammelte

Flachs und drehte selbst Seile. Dann bat sie um kräftiges Tuch, aber die Chinesen hatten keines von der Art, wie sie es brauchte. Da erinnerte Fatima sich an die Kenntnisse, die sie bei den Webern in Alexandria erworben hatte, und stellte selbst ein festes Zelttuch her.

Nun brauchte sie noch Zeltpfosten, doch auch die gab es in China nicht. So erinnerte sich Fatima an das, was sie in Istanbul bei dem Zimmermann gelernt hatte, und baute selbst kräftige Zeltpflöcke. Als sie auch damit fertig war, strengte sie ihren Verstand an, um sich auf all die Zelte zu besinnen, die sie auf ihren Reisen gesehen hatte: und siehe da, sie schaffte es wirklich, ein Zelt zu bauen!

Als dieses Wunder dem Kaiser von China gezeigt wurde, sagte er Fatima zu, ihr einen Wunsch zu erfüllen, sie möge ihn nur aussprechen.

Sie wünschte sich, in China zu bleiben, heiratete einen hübschen Prinzen und war glücklich im Kreise seiner Familie bis zum Ende ihrer Tage.

Durch ihre vielen Lebensabenteuer hatte Fatima erkannt, dass sich all das, war ihr als unangenehme Erfahrung erschienen war, als wesentlicher Teil dessen herausstellte, wodurch sie schließlich ihr Glück fand.

Verfasser unbekannt

Der Traum von der Glaskugel

Ein Kind war im Traum unterwegs. Seltsame Landschaften glitten vorüber. Manchmal schien die Gegend vertrauter, dann wieder völlig fremd, so dass das Kind bald mehr und mehr von dem Gedanken geängstigt wurde, es könnte sich verirrt haben.

Als es schließlich verwirrt und verzweifelt stehenblieb, weil es nicht mehr wusste, welche Richtung es einschlagen sollte, begegnete ihm plötzlich ein uralter Mann mit schneeweißem Haar. Aus seinem jugendlichen Gesicht, das in merkwürdigem Gegensatz zu seinem Alter stand, blickten zwei kluge und gütige Augen. Er fragte: »Warum hast du solche Angst? Was bedrückt dich denn so?«

Da erzählte ihm das Kind von seiner Not und fragte ihn, ob er ihm helfen könne, den rechten Weg zu finden. »Um dir den rechten Weg zeigen zu können«, sagte der alte Mann, »musst du mir etwas mehr von dir erzählen; dazu muss ich dich besser kennenlernen. Sage mir also, was du bisher schon getan hast.«

Und merkwürdig, wie von selbst ergab es sich, dass das Kind anfing, aus seinem Leben zu erzählen: von seinem Bemühen, alles richtig zu machen; von seinem großen Eifer bei der Arbeit und von seiner großen Verzweiflung darüber, dass trotz alledem die Fehlschläge und Enttäuschungen immer zahlreicher würden.

»Ich habe keine Zeit mit unnützem Spielen verloren«, sagte das Kind, »und ich habe so manchen Nachmittag ganz allein über meinen Schularbeiten gesessen, während sich die Freunde beim Baden oder Ballspielen vergnügten.«

»Schön«, antwortete der Alte, »schön, und sonst? Hast du sonst nichts getan?«

Das Kind zögerte, denn es fiel ihm nicht leicht, davon zu erzählen, dass es hin und wieder der Versuchung erlegen war, mit einer wunderschönen Glaskugel zu spielen, die das Licht einfing und – in tausend und abertausend bunte Strahlen gebrochen – wieder zurückwarf.

Endlich begann es, stockend davon zu reden, und sagte schließlich: »Immer, wenn ich diese Kugel in der Hand hielt und beim Spiel in das funkelnde Licht blickte, dann vergaß ich mich selbst, dann fühlte ich mich endlich leicht.«

»Nun sage mir«, bekam es zur Antwort, »von allen Dingen, die du bisher getan hast, wobei empfandest du am meisten Freude?«

Beim Spielen mit der Glaskugel, schoss es dem Kind durch den Kopf. Ganz beschämt berichtete es darüber dem Alten und hielt dabei die Augen gesenkt, denn es wagte nicht, aus Angst vor seinem Urteil, ihn anzublicken.

Der aber sagte: »Das waren deine besten Augenblicke. Was es auch sein mag, ob es die Wolken am Himmel sind oder die Wellen im See, die bunten Steine am Fluss oder der Schmetterling, der über die Blumenwiese gaukelt, immer, wenn du dich ihnen so zuwendest wie deiner Glaskugel und dich selbst darüber ganz vergisst, wirst du völlig eins mit dir sein. Dann bist du auf dem rechten Weg.«

Verfasser unbekannt

ie Jugend

Jugend ist kein Lebensabschnitt, sie ist ein Geisteszustand, sie ist Schwung des Willens, Regsamkeit der Fantasie, Stärke der Gefühle, Sieg des Mutes über die Feigheit, Triumph der Abenteuerlust über die Trägheit.

Niemand wird alt, weil er eine Anzahl Jahre hinter sich gebracht hat.
Man wird nur alt, wenn man seinen Idealen Lebewohl sagt!

Mit den Jahren runzelt die Haut, doch mit dem Verzicht auf Begeisterung runzelt die Seele. Sorgen, Zweifel, Mangel an Selbstvertrauen, Angst und Hoffnungslosigkeit, das sind die langen Jahre, die das Haupt zur Erde ziehen und den aufrechten Geist beugen.

Ob 80 oder 18, im Herzen eines jeden Menschen wohnt die Sehnsucht nach dem Wunderbaren!

Du bist so jung wie deine Hoffnung, so alt wie deine Verzagtheit.

Solange die Botschaften der Schönheit, Freude, Kühnheit, Größe, Macht vor der Erde, den Menschen und dem Unendlichen dein Herz erreichen, so lange bist du jung.

Erst wenn die Flügel nach unten hängen und das Innere deines Herzens vom Schnee des Pessimismus und vom Eis des Zynismus bedeckt sind, dann erst bist du wahrlich alt geworden.

Albert Schweitzer

apitel 2

Gedanken an vergangene Zeiten

»Wir verleben unsere schönen Tage,
ohne sie zu bemerken,
erst wenn die schlimmen kommen,
wünschen wir jene zurück.«

(Arthur Schopenhauer, 1788 – 1860)

Das blaue Kanapee

Großmama sagte wirklich so: »Kanapee«. Für mich war dieses Sofa das Prachtstück in der kleinen Wohnung der Großeltern. Der Mittelpunkt des Wohnzimmers jedenfalls. Mit blauem Plüsch war es bezogen, das Kanapee, eine graue Kordel fasste die Polsterflächen ein. Die schön geschwungene Rückenlehne des Biedermeiersofas – denn das war es, ein Biedermeiersofa aus den 60er-Jahren des 19. Jahrhunderts – wurde durch adrett-weiße Klöppeldeckchen geschützt »Vor den Pomadenköppen« – so sagte Großmama – und sie erzählte, wie Walther, ihr Ältester, sich mit Pomade ›geströhlt‹ hatte, als er mit Frieda verlobt war.

»So'n Unfug, aber mach' was!« Auf diesem Sofa saß Großmama stets, wenn ich zu Besuch kam, ein kleines Mädchen von drei, vier Jahren. Sie thronte, fast möchte ich sagen, sie residierte. Meist strickte sie Socken für ihren Sohn Hannes in Berlin und wadenlange Strümpfe für Großpapa, ihren Albert.

Sie saß ganz gerade, meine kleine und zierliche Großmama – anlehnen gehörte sich nicht. Die Füße ruhten auf einer Fußbank, der »Rutsche« ...

Die erwähnten Schondeckchen wurden von Frau Bahn, der Zugehfrau meiner Großeltern, alle vier Wochen gewaschen und gestärkt. Ich durfte sie dann aufstecken, mit Stecknadeln, die große weiße Glasköpfe hatten. Frau Bahn war eine hochgewachsene, kräftige Frau mit freundlichem Blick und kräftigem Zungenschlag.

»Aberrr näin, Frrau Rratchen«, hörte ich sie sagen und, »verrtrrauen wir unserm Härrrgottchen!«

Zu mir sagte sie »Marrjellchen« und »Kindchen«.

Sie erzählte Schauergeschichten und konnte sich ausschütten vor Lachen, wenn ich furchtsam auf Großmutters Schoß Zuflucht suchte.

»Bahn'sche, machen Sie mir doch das Kind nich meschugge!«

Großmutter hielt nichts von Gespenstergeschichten oder vom Schwarzen Mann,

der ungezogene kleine Kinder holt. Frau Bahn verzog ihren Mund zu einem breitem Grinsen und tätschelte mir die Wangen: »Bist doch mäin oll' Süßerrchen!«, und dann bekam ich einen Schmatz. Frau Bahn sah aus wie die Flickenschild. So jedenfalls meine ich heute. Damals wusste ich noch nichts von berühmten Schauspielerinnen.

Großmama mit ihren Märchengeschichten, die ich manchmal nachspielte – ich verkleidete mich als Rotkäppchen oder war mit leidenschaftlichem Einfühlungsvermögen die Knusperhexe – hat sicher den Grund gelegt zu meiner Theaterpassion. Sie war die geliebte, verständnisvolle Freundin meiner Kindheitstage, die Märchen erzählte, aus der Kinderbibel vorlas und mir Flammeri kochte. Nie habe ich ihr gesagt, dass ihr Flammeri mir nicht schmeckte. Sie nahm drei Eier dazu, wie sie häufig betonte – und eben darum war er mir zu »labberig«.

Großmama ging selten aus, sie »hatte es in den Füßen«. Soviel ich weiß, verließ sie das Haus nur, um ihre Schwester Luise zu besuchen, oder sie kam mit Großvater an den Feiertagen zu uns zu Besuch. Die Großeltern hatten fast fünfzig Jahre in Frankfurt/Oder gelebt, ehe sie zu uns nach Stettin zogen. Der Anlass zu diesem Umzug, der einer Entwurzelung gleichkam, war ich gewesen, das Nesthäkchen, mit dem die Eltern 17 Jahre nach meinem großen Bruder die Verwandtschaft überraschten.

Großpapa, der gute, stille, stets lächelnde alte Mann mit dem gut gepflegten grauen Vollbart, wurde zum Gefährten meiner kleinen Erlebnisse. Mit ihm ging ich Schwäne füttern am Westendsee und nach den Goldfischen sehen am Parkhaus in den Grabower Anlagen. Er kaufte mir in der Selterbude rote oder grüne Brause. Und Geheimnisse, die ich partout nicht bewahren konnte – ihm vertraute ich sie an.

Am meisten genoss ich es, wenn beide Zeit für mich hatten. Großmama und ich saßen auf dem Kanapee, Großpapa auf dem Lehnstuhl an der Stirnseite des ovalen Mahagonitisches, der vor dem Sofa stand. Wir spielten Quartett oder Bilderlotto. Wenn es der Großmutter kühl wurde an den Schultern, holte er besorgt ihren Umhang aus dem Schlafzimmer.

Der Regulator tickte gleichmäßig und schlug volltönend die halben und die vollen Stunden. Wenn das Spiel mir langweilig geworden war, schmiegte ich mich an Großmutters Seite, ihr Arm umschloss mich zärtlich, und sie streichelte mein Gesicht mit ihren von jahrelanger Hausarbeit rissigen Händen.

Großvater stand auf, ging zum Vertiko und holte aus dem oberen Fach eins der dicken Märchenbücher hervor, Brüder Grimm oder Bechstein. Vom Trumeau – das war der hohe Spiegel mit dem Paneelbrett davor – brachte er Großmutters Nickelbrille mit. Sie entließ mich sanft aus ihrer Umarmung, bettete mich an die hohe Lehne, schlug das dicke Buch auf, suchte ein wenig, fand das Richtige und las und las.

Ich entschwand in Schneeweißchens Zwergenreich, in den Märchenwald von Hänsel und Gretel oder in die Hütte von Schnee-weißchen und Rosenrot …

»Und wenn sie nicht gestorben sind, dann leben sie noch heute.«

Rosemarie Eick

er Schneemann

»Eine so wunderbare Kälte ist es, dass mir der ganze Körper knackt!«, sagte der Schneemann. »Der Wind kann einem wirklich Leben einbeißen. Und wie die Glühende dort glotzt!« Er meinte die Sonne, die gerade im Untergehen begriffen war. »Mich soll sie nicht zum Blinzeln bringen, ich werde schon die Stückchen festhalten.«

Er hatte nämlich statt der Augen zwei große, dreieckige Stückchen von einem Dachziegel im Kopf; sein Mund bestand aus einem alten Rechen, folglich hatte sein Mund auch Zähne.

Geboren war er unter dem Jubelruf der Knaben, begrüßt vom Schellengeläut und Peitschenknall der Schlitten.

Die Sonne ging unter, der Vollmond ging auf, rund, groß, klar und schön in der blauen Luft.

»Da ist sie wieder von einer anderen Seite!« sagte der Schneemann. Damit wollte er sagen: Die Sonne zeigt sich wieder.

»Ich habe ihr doch das Glotzen abgewöhnt! Mag sie jetzt dort hängen und leuchten, damit ich mich selber sehen kann. Wüsste ich nur, wie man es macht, um von der Stelle zu kommen! Ich möchte mich gar zu gern bewegen! Wenn ich es könnte, würde ich jetzt dort unten auf dem Eis hingleiten, wie ich die Knaben gleiten gesehen habe; allein ich verstehe mich nicht darauf, weiß nicht, wie man läuft.«

»Weg! weg!«, bellte der alte Kettenhund; er war etwas heiser und konnte nicht mehr das echte »Wau! wau!« aussprechen; die Heiserkeit hatte er sich geholt, als er noch Stubenhund war und unter dem Ofen lag.

»Die Sonne wird dich schon laufen lehren! Das habe ich vorigen Winter an deinem Vorgänger und noch früher an dessen Vorgänger gesehen. Weg! weg! Und weg sind sie alle!«

»Ich verstehe dich nicht, Kamerad«, sagte der Schneemann. »Die dort oben soll mich laufen lehren?« Er meinte den Mond; »Ja, laufen tat sie freilich vorhin, als ich sie fest ansah, jetzt schleicht sie heran von einer anderen Seite.«

»Du weißt gar nichts!«, entgegnete der Kettenhund, »du bist aber auch eben erst aufgekleckst worden. Der, den du da siehst, das ist der Mond; die, welche vorhin davongegangen ist, das war die Sonne; die kommt morgen wieder, die wird dich schon lehren, in den Wallgraben hinabzulaufen. Wir kriegen bald anderes Wetter, ich fühle es schon in meinem linken Hinterbein, es sticht und schmerzt; das Wetter wird sich ändern!«

»Ich verstehe ihn nicht«, sagte der Schneemann, »aber ich habe es im Gefühl, dass es etwas Unangenehmes ist, was er spricht. Sie, die so glotzte und sich alsdann davonmachte, die Sonne, wie er sie nennt, ist auch nicht meine Freundin, das habe ich im Gefühl!«

»Weg! weg!«, bellte der Kettenhund, ging dreimal um sich selbst herum und kroch dann in seine Hütte, um zu schlafen.

Das Wetter änderte sich wirklich. Gegen Morgen lag ein dicker, feuchter Nebel über der ganzen Gegend; später kam der Wind, ein eisiger Wind; das Frostwetter packte einen ordentlich, aber als die Sonne aufging, welche Pracht! Bäume und Büsche waren mit Reif überzogen, sie glichen einem ganzen Wald von Korallen, alle Zweige schienen mit strahlend weißen Blüten über und über besät. Die vielen und feinen Verästelungen, die der Blätterreichtum während der Sommerzeit verbirgt, kamen jetzt alle zum Vorschein. Es war wie ein Spitzengewebe, glänzend weiß, aus jedem Zweig strömte ein weißer Glanz. Die Hängebirke bewegte sich im Wind, sie hatte Leben wie alle Bäume im Sommer; es war wunderbar und schön! Und als die Sonne schien, nein, wie flimmerte und funkelte das Ganze, als läge Diamantenstaub auf allem und als flimmerten auf dem Schneeteppich des Erdbodens die großen Diamanten, oder man konnte sich auch vorstellen, dass unzählige kleine Lichter leuchteten, weißer selbst als der weiße Schnee.

»Das ist wunderbar schön!«, sagte ein junges Mädchen, das mit einem jungen Mann in den Garten trat. Beide blieben in der Nähe des Schneemanns stehen und betrachteten von hier aus die flimmernden Bäume. »Einen schöneren Anblick gewährt der Sommer nicht!«, sprach sie, und ihre Augen strahlten. »Und so einen Kerl wie diesen hier hat man im Sommer erst recht nicht«, erwiderte der junge Mann und zeigte auf den Schneemann. »Er ist hübsch«.

Das junge Mädchen lachte, nickte dem Schneemann zu und tanzte darauf mit ihrem Freund über den Schnee dahin, der unter ihren Schritten knarrte und pfiff, als gingen sie auf Stärkemehl.

»Wer waren die beiden?«, fragte der Schneemann.

»Liebesleute!« Gab der Kettenhund zur Antwort. »Sie werden in eine Hütte ziehen und zusammen am Knochen nagen. Weg! weg!«

»Sind denn die beiden auch solche Wesen wie du und ich?«, fragte der Schneemann.

»Die gehören ja zur Herrschaft!«, versetzte der Kettenhund, »freilich weiß man sehr wenig, wenn man den Tag zuvor erst zur Welt gekommen ist. Ich merke es dir an! Ich habe das Alter, auch die Kenntnisse; ich kenne alle hier im Haus, und auch eine Zeit habe ich gekannt, da lag ich nicht hier in der Kälte und an der Kette. Weg! weg!«

»Die Kälte ist herrlich!«, sprach der Schneemann. »Erzähle, erzähle! Aber du darfst
nicht mit den Ketten rasseln; es knackt in
mir, wenn du das tust.«

»Weg! weg!«, bellte der Kettenhund. »Ein
kleiner Junge bin ich gewesen, klein und
niedlich, sagte man; damals lag ich auf einem mit Sammet überzogenen Stuhl dort
oben im Herrenhaus, im Schoß der obers-
ten Herrschaft; mir wurde die Schnauze ge-
küsst, und die Pfoten wurden mir mit einem
gestickten Taschentuch abgewischt, ich hieß
Ami! lieber Ami! süßer Ami! Aber später
wurde ich ihnen dort oben zu groß, und sie
schenkten mich der Haushälterin. Ich kam
in die Kellerwohnung! Du kannst dorthin hi-
nunterschauen, wo ich Herrschaft gewesen
bin, denn das war ich bei der Haushälterin.
Es war zwar ein geringerer Ort als oben, aber
er war gemütlicher, ich wurde nicht in einem
fort von Kindern angefasst und gezerrt wie
oben. Ich bekam ebenso gutes Futter wie
früher, ja besseres noch! Ich hatte mein eigenes Kissen, und ein Ofen war da, der ist
um diese Zeit das Schönste von der Welt! Ich

ging unter den Ofen, konnte mich darunter ganz verkriechen. Ach, von ihm träume ich noch. Weg! weg!«

»Sieht denn ein Ofen so schön aus?«, fragte der Schneemann. »Hat er Ähnlichkeit mit mir?«

»Der ist gerade das Gegenteil von dir! Rabenschwarz ist er, hat einen langen Hals mit Messingtrommel. Er frisst Brennholz, dass ihm das Feuer auf dem Munde sprüht. Man muss sich an der Seite von ihm halten, dicht daneben, ganz unter ihm, da ist es sehr angenehm. Durch das Fenster wirst du ihn sehen können, von dort aus, wo du stehst.« Und der Schneemann schaute danach und gewahrte einen blank polierten Gegenstand mit messingner Trommel; das Feuer leuchtete von unten heraus. Dem Schneemann wurde ganz wunderlich zumute, es überkam ihn ein Gefühl, er wusste selber nicht welches, er konnte sich keine Rechenschaft darüber ablegen; aber alle Menschen, wenn sie nicht Schneemänner sind, kennen es.

»Und warum verließest du sie?«, fragte der Schneemann. Er hatte es im Gefühl, dass es ein weibliches Wesen sein musste. »Wie konntest du nur einen solchen Ort verlassen?«

»Ich musste wohl!«, sagte der Kettenhund. »Man warf mich zur Tür hinaus und legte mich hier an die Kette. Ich hatte den jüngsten Junker ins Bein gebissen, weil er mir den Knochen wegstieß, an dem ich nagte: Knochen um Knochen, so denke ich! Das nahm man mir aber sehr übel, und von dieser Zeit an bin ich an die Kette gelegt worden und habe meine Stimme verloren, hörst du nicht, dass ich heißer bin? Ich kann nicht mehr so sprechen wie die anderen Hunde: weg! weg! Das war das Ende vom Lied!«

Der Schneemann hörte ihm aber nicht mehr zu, er schaute immerfort in die Kellerwohnung der Haushälterin, in ihre Stube hinein, wo der Ofen auf seinen vier eisernen Beinen stand und sich in derselben Größe zeigte wie der Schneemann.

»Wie das sonderbar in mir knackt!«, sagte er. »Werde ich nie dort hineinkommen? Es ist doch ein unschuldiger Wunsch, und unsere unschuldigen Wünsche werden gewiss in Erfüllung gehen. Ich muss dort hinein, ich muss mich an sie anlehnen, und wollte ich auch das Fenster eindrücken!«

»Dort hinein wirst du nie gelangen!«, sagte der Kettenhund, »und kommst du an den Ofen hin, so bist du weg! weg!«

Ich bin schon so gut wie weg!«, erwiderte der Schneemann, »ich breche zusammen, glaube ich.«

Den ganzen Tag stand der Schneemann und schaute durchs Fenster hinein; in der Dämmerstunde wurde die Stube noch einladender; vom Ofen her leuchtete es mild, gar nicht wie der Mond, nicht wie die Sonne; nein, wie nur der Ofen leuchten kann, wenn er etwas zu verspeisen hat. Wenn die Stubentür aufging, hing ihm die Flamme zum Munde heraus, diese Gewohnheit hatte der Ofen; es flammte deutlich rot auf um das weiße Gesicht des Schneemannes, es leuchtete rot seine ganze Brust herauf.

»Ich halte es nicht mehr aus!«, sagte er. »Wie schön es ihr steht, die Zunge so herauszustrecken!«

Die Nacht war lang, dem Schneemann ward sie aber nicht lang, er stand in seine eigenen schönen Gedanken vertieft, und die froren, dass es knackte.

Am Morgen waren die Fensterscheiben der Kellerwohnung mit Eis bedeckt; sie trugen die schönsten Eisblumen, die nur ein Schneemann verlangen konnte, allein sie verbargen den Ofen. Die Fensterscheiben wollten nicht auftauen; er konnte den Ofen nicht sehen, den er sich als ein so liebliches weibliches Wesen dachte. Es knackte und knickte in ihm und rings um ihn her; es war gerade so ein Frostwetter, an dem ein Schneemann seine Freude haben musste. Er aber freute sich nicht – wie hätte er sich auch glücklich fühlen können, er hatte Ofensehnsucht.

»Das ist eine schlimme Krankheit für einen Schneemann«, sagte der Kettenhund, »ich habe an der Krankheit gelitten; aber ich habe sie überstanden. Weg! weg!«, bellte er. »Wir werden anderes Wetter bekommen!«, fügte er hinzu.

Und das Wetter änderte sich; es wurde Tauwetter. Das Tauwetter nahm zu, der Schneemann nahm ab. Er sagte nichts, er klagte nicht, und das ist das richtige Zeichen.

Eines Morgens brach er zusammen. Und sieh, es ragte so etwas wie ein Besenstiel da, wo er gestanden hatte, empor. Um den Stiel herum hatten die Knaben ihn aufgebaut.

»Ja, jetzt begreife ich es, jetzt verstehe ich es, dass er die große Sehnsucht hatte!«, sagte der Kettenhund. »Da ist ja ein Eisen zum Ofenreinigen an dem Stiel, der Schneemann hat einen Ofenkratzer im Leib gehabt! Das ist es, was sich in ihm geregt hat, jetzt ist das überstanden; weg! weg!«

Und bald darauf war auch der Winter überstanden.

»Weg! weg!«, bellte der heisere Kettenhund; aber die Mädchen aus dem Hause sangen: Waldmeister grün! Hervor aus dem Haus, Weide! Die wollenen Handschuhe aus; Lerche und Kuckuck! Singt fröhlich drein, Frühling im Februar wird es sein! Ich singe mit: Kuckuck »Kiwitt«. Komm, liebe Sonne, komm oft – kiwitt! Und dann denkt niemand an den Schneemann.

Hans-Christian Andersen (1805 – 1875)

Kindheitswintertage

In Hinterpommern waren damals vor fast fünfzig Jahren die Winter sehr beständig. Der Schnee lag öfter wochenlang, und es war bitterkalt. Man brauchte im Winter die Doppelfenster. Der Vater hatte sie rechtzeitig im Herbst aus der Dachkammer, in der sie den Sommer über stationiert waren, heruntergetragen und in die Rahmen eingesetzt. Von der Mutter waren die Glasscheiben blitzblank geputzt worden. Es war alles für den Einzug des Winters vorbereitet. Auch das Brennholz und die Briketts zum Beheizen der Kachelöfen waren im Keller aufgestapelt.

Eines Nachmittags, der Himmel war schon den ganzen Tag über so grau, schneevolle Wolken hingen tief und schwer, fing es ganz langsam an zu schneien. Weiße Flocken tanzten lustig auf die Erde hernieder. Das kleine Mädchen hatte aus Steinbauklötzen Häuser gebaut, in denen die »Mensch-ärgere-Dich-nicht«-Puppen zu lebendigen Menschen wurden. Es war ganz in dieses Spiel versunken, da rief einer der beiden älteren Brüder: »Es schneit, guck mal, es schneit!« Schnell lief das Mädchen ans Fenster, drückte das Näschen neugierig an die Scheibe, und das Herz hüpfte vor Freude, machte Luftsprünge beim Anblick des fallenden Schnees.

Verzaubert sahen Bäume, Zäune, die ganze Erde aus. Temperamentvoll bat es gleich den Vater, ihr doch den Schlitten vom Boden zu holen. Aber der macht ihm verständlich, dass erst noch viel mehr Schnee fallen müsse, damit der Schlitten auch gleiten könne. Aufgeregt, erwartungsvoll und ungeduldig blieb das Kind dann auch eine ganze Zeit am Fenster stehen, bis der Vater die Schneedecke für hoch genug zum Rodeln befand. Es ließ ihm auch nicht eher Ruhe, bis er den Schlitten die Treppen heruntergetragen hatte. Inzwischen hatte es sich Trainingshosen, Mantel, Mütze und Handschuhe angezogen.

Die älteren Brüder wollten natürlich auch im ersten Schnee dieses Winters rodeln. Zum Lenken brauchten sie ohnehin noch einen verlässlichen Steuermann. Sie stapften gemeinsam durch den pulvrigen Schnee und zogen vereint den Schlitten hinter sich her. Am größten Berg angekommen fuhren sie die steilsten Abhänge, glattesten Bahnen herunter. Kalter Wind sauste um ihre Köpfe. Mit geröteten Wangen zogen sie den Schlitten nach jeder Abwärtsfahrt wieder den Berg hinauf. Die Herzen jubelten, die Kinder lachten, der Schnee wurde aufgewirbelt. Ehe sie es bemerkten, legte die Dunkelheit ihren schwarzen Mantel sanft über die weiße Pracht. Nasse Wollhandschuhe, kalte Füße, leere Mägen, so zogen sie etwas müde aber herrlich ausgetobt zufrieden ihren Schlitten an vereister Schnur nach Hause. Bei Muttern war es wohlig warm, und sie hängten die nassen Kleidungsstücke neben den großen Kachelofen zum Trocknen auf. Aus der Ofenröhre kamen Düfte zischender Bratäpfel. Sie aßen fröhlich diese Köstlichkeit und versanken müde in ihren Betten. Nachts träumte das Mädchen, dass der Schnee noch lange liegenbleiben möge.

Monica Maria Mieck

Erinnerung

Je schöner und voller die Erinnerung, desto schwerer die Trennung. Aber die Dankbarkeit verwandelt die Qual der Erinnerung in eine stille Freude. Man trägt das vergangene Schöne nicht wie einen Stachel, sondern wie ein kostbares Geschenk in sich. Man muss sich hüten, in den Erinnerungen zu wühlen, sich ihnen auszuliefern, wie man auch ein kostbares Geschenk nicht immerfort betrachtet, sondern nur zu besonderen Stunden oder sonst wie einen verborgenen Schatz, dessen man gewiss ist, besitzt, dann geht eine dauernde Freude und Kraft von dem Vergangenen aus.

Dietrich Bonhoeffer

Heimkehr

Die Welt kam ihm so leer vor. Er hatte sich fest an die Rückenlehne gedrückt. Am Fenster zogen die Häuser und Straßen vorbei. Er brauchte gar nicht hinzuschauen, er kannte jedes Haus, jede Tür und jedes Fenster. Dort haben sie gestanden, sie hat sich bei ihm eingehakt und er spürte einen warmen Schauder durch seinen ganzen Körper gehen. Es waren ihre großen, ihre wunderbar großen braunen Augen, die ihm nicht mehr aus dem Sinn gingen. Er glaubte, tief in ihre Seele schauen zu können. Er kam von ihren Augen nicht mehr los und errötete sogar beim ersten Mal ein wenig, aber sie hatte es nicht gemerkt.

Und jedes Mal nun, wenn er sie ansah, musste er sich zwingen, ihr nicht mehr in die Augen zu schauen. Irgendwann aber ist es doch wieder passiert, und da musste er es sich eingestehen, dass er sich verliebt hatte in ihre Augen, in ihr Lächeln, in ihren Blick, der ihn alles um sich herum vergessen ließ. 73

Der Bus fuhr wieder an, wie viele Haltestellen würde er noch passieren? Wo würde er aussteigen? Er hatte kein Ziel. Nur immer weiter fortfahren. Er wusste nur, dass er nicht mehr umkehren würde, aber wo er hinfahren sollte, wusste er deswegen noch lange nicht. Der Bus füllte sich, er musste ans Fenster rücken.

Meist saß sie neben ihm und erzählte und lachte, drückte sich an ihn und manchmal legte sie ihren Kopf auf seine Schulter. Wie lange ist es her, dass er alleine diese Strecke gefahren war? Er wusste es nicht, er konnte sich nicht mehr so richtig daran erinnern. Eine Zeit ohne sie, ja, natürlich, die gab es. Sie schien ihm unendlich weit. Er hatte sie vergessen, aber jetzt spürte er sie wieder. Leer sah er vor sich hin, sah durch all die Menschen hindurch, die im Bus saßen und standen.

Es war so still und leer um ihn, er hörte nichts, er nahm nichts mehr wahr. Der erste Kuss, das war vor ihrer Haustür. Ihre Nase war ganz kalt gewesen, daran erinnerte er sich noch. Ihm kam es etwas kitschig vor, aber mitten im Winter, in diesem schrecklich kalten Winter, ist ihm ganz warm geworden. Als habe sie ihre Liebe besiegelt, ein Kuss als Siegel! Nein, das war nicht kitschig. Überhaupt nicht kitschig.

Er atmete schwer. Er würde sie nicht mehr wiedersehen. Daran hatte er seltsamerweise nicht gedacht, als er beschloss, sie zu verlassen. Aber es würde so sein. Verdammt, durchzuckte es ihn, sie hätte aufpassen müssen. Jetzt ein Kind, gerade jetzt, wo die Prüfungen anstehen! Wie soll das gehen, wie will er das schaffen? Hat sie denn gar nicht an ihn gedacht? Sie will das Kind behalten, das sieht ihr ähnlich. So ist sie. Es hatte keinen Sinn, mit ihr darüber zu streiten. Und was sollte aus ihrer Zukunft werden? Und was war das für eine Zukunft? Ein Kind, das fehlte noch!

Seine Gedanken gerieten in Rage. Es brodelte in ihm. Sie dachte nicht an ihn, nicht an seine Prüfung, nicht an seine Pläne, sie dachte nur an sich. Und dann hielt er plötzlich inne. Dachte er an sie, hat er einen Moment an sie gedacht? Er rutschte etwas hin und her. Die Frage kam ihm unangenehm vor, aber er wusste sehr wohl, dass er sich ihr stellen musste.

Ach, sie kommt schon ohne ihn klar. Besser als umgekehrt. Noch zwei Haltestellen, dann ist er am Hauptbahnhof. Von da aus hatte er viele Möglichkeiten weiterzukommen. Er sollte langsam darüber nachdenken, welche Richtung zumindest er einschlagen sollte. Sie hatten immer davon geträumt, einmal in den Süden zu fahren. Den Rucksack vollpacken und einfach losfahren, über die Alpen nach Italien … stundenlang am Strand entlanggehen, irgendwo das Zelt aufschlagen, Tag und Nacht zusammen sein, sich nie wieder trennen.

Sich nie wieder trennen, in seinen Gedanken murmelte er den Satz vor sich her. Das hatten sie sich versprochen. Gleich, was kommt, wir bleiben zusammen. Gleich, was kommt, wiederholte er schwer atmend. Sie würde jetzt auf ihn warten, würde den Tee kochen, würde ihn lächelnd erwarten und umarmen. Diesmal aber würde sie, würde er … Er stand auf dem Bahnhofsvorplatz, er drehte sich um, und wie von selbst nahm er den nächsten Bus, den nächsten Bus zurück, zurück zu ihr. Ihm war, als habe er die Welt umrundet. Josef, mein Josef, würde sie sagen. Mit ihren großen braunen Augen würde sie ihn ansehen, und vielleicht würde es sein wie beim ersten Mal. Und als hätte er sich erst darüber klar werden müssen, dass er sie liebt, sie, die Frau, die Mutter. Und kann es eine schönere Zukunft geben als die eines Kindes, ihres Kindes?

Hinter ihm schloss sich die Bustür, er setzte sich auf die Bank und sah nach draußen. So viele Menschen waren unterwegs, so schön erschien ihm die Welt auf einmal. Er hatte es für einen Moment vergessen. Er freute sich, freute sich auf sie, auf das Kind, auf die Zukunft, auf das Leben miteinander.

Nachbemerkung: Wir brauchen nicht unbedingt einen Engel, manchmal bringt uns die Erinnerung zurück, jene Erinnerung, die uns an die Zukunft erinnert.

Werner Milstein

Die kostbaren Mäntel

Es waren die Jahre 1943 bis 1945, wir waren auf der endlos dauernden Flucht. Von insgesamt ca. 25 Leuten, die sich in Ostpreußen aufgemacht hatten, standen plötzlich drei Kinder allein, meine beiden Schwestern und ich! Wir schlugen uns durch, hungerten, klauten, froren, fanden aber auch manchmal ungewöhnliche Hilfe und Unterschlupf. Verdreckt, voller Läuse, Wanzen, Krätze und Flöhe waren wir nicht gerade vertrauenerweckend.

Irgendwie landeten wir im Allgäu. Wir waren geschwächt und krank, verbrachten die Nächte auf der Bahnhofstoilette, wir hatten die Ruhr. Das Rote Kreuz fand uns! Oder sie wurden verständigt, ich weiß es nicht so genau.

Nachdem wir einigermaßen genesen, entlaust und desinfiziert waren und somit auch wieder bei Verstand, machte ich eine furchtbare Entdeckung: Unsere Sachen waren fort, man hatte sie uns einfach weggenommen!

Ich machte einen schrecklichen Aufstand, meine Schwestern schrien aus Sympathie ununterbrochen, es führte zum Erfolg!

Man brachte uns die desinfizierten »Lumpenstücke« wieder. Ich griff wie besessen zu meinem Mantel, meine Schwestern taten es mir gleich. Fortan ließen wir diese für uns so kostbaren Stücke nicht mehr los und schliefen sogar darauf.

Die Schwestern im Kinderheim, in dem wir nun untergebracht waren, wunderten sich, sagten aber nichts, da wir immer zusammen und sehr friedlich waren. Bald darauf sollte das Kinderheim aufgelöst werden und wir somit getrennt. Das ging natürlich gar nicht. So fassten wir den Plan zu fliehen, wurden jedoch schnell aufgegriffen.

Als man uns als erstes unsere für uns kostbaren Mäntel abnehmen wollte, schmissen wir uns schreiend auf den Fußboden und benahmen uns so unmöglich, dass man davon absah. Jeder musste sich gefragt haben, was an diesen Lumpen so besonders war?

Eines Nachts, wir schliefen völlig erschöpft, untersuchte man die Mäntel sehr, sehr genau und fand im Futter eingenäht in jedem der drei Mäntel für das jeweilige Kind wichtige Papiere wie die Geburtsurkunde, auch die Adresse, zu wem wir wollten, nämlich zu meiner Großmutter nach Travemünde.

Wir hatten von den Papieren gewusst, uns war aber bei Strafe verboten worden, darüber zu reden, unter keinen Umständen.

Wir warteten vergeblich auf unsere Strafe, alle waren sehr nett zu uns. Man teilte uns mit, dass der RK-Suchdienst unsere Familie finden würde.

Dezember 1945 war es dann Realität. Wir standen in Travemünde in der Fehlingstraße dem übriggebliebenen Rest der Familie gegenüber. Meine Geschwister, meine Mutter, so anders als in meiner Erinnerung, ich erkannte sie kaum. Nur der Großvater, zwar etwas mager, aber immer noch lächelnd, sagte ununterbrochen: »Herr Gottjen ney, Herr Gottjen ney ... und in zwei Tajen is Weihnachten.«

Es wurde ein fröhliches, singendes, klingendes, ausgelassenes Weihnachtsfest. Ich hatte wieder eine Familie, und jedes von uns Kindern bekam einen Apfel, welch ein Geschenk! Ich habe in meinem ganzen Leben keinen besseren Apfel mehr gegessen!

Elena Riemann

Es ist die Neugierde

Es war einmal eine Frau, 85 Jahre zählte sie schon, doch im Herzen jung und im Kopf lebendig und wach. Sie hatte vieles erlebt, als kleines Mädchen den geliebten Vater verloren im Krieg; mit der Mutter und der Schwester war sie allein aufgewachsen. Die Frau war es, die die Familie in der harten Nachkriegszeit mit Lebensmitteln aus dem Geschäft, in dem sie lernte, versorgte, und die selbst so manches entbehren musste. Nicht zuletzt sogar ein bisschen Liebe der Mutter, die sich nach dem Tod des Vaters um die kleine Schwester verständlicherweise mehr kümmern wollte. Dann eines Tages, die Frau war gerade 30 Jahre alt, ging sie fort aus dem Dorf in der Nähe einer Großstadt und lernte kennen, was es heißt, eine eigene Familie zu haben. Ihr Mann hatte eine gute Anstellung viele Kilometer entfernt von dem gewohnten Lebensumfeld bekommen. Alles war neu und ungewohnt, die beruhigenden Verwandten, Großeltern und Tanten fehlten zu Anfang, doch schon bald war die Frau zufrieden und glücklich in der neuen Welt, die kleine Tochter schnell im Schulalter, und der Alltag und die Zeit verflogen wie Seifenblasen im Wind. Alles, was ein Leben zu bieten hat, nahm die Frau mit. Höhen und Tiefen, Freude, Schicksalsschläge, schöne gemeinsame Reisen, schwere Krankheit und Abschied von geliebten Menschen – all das eben, was Leben ist.

Schließlich dann – es ist kaum zu glauben – gewann die Frau die Erkenntnis, noch einmal im Leben einen ganz neuen Anfang zu wagen. Der Mann war lange und sehr schwer krank gewesen und schließlich gestorben, schweren Herzens hatte sie das gemeinsame Haus verkauft. Viele andere Menschen hätten sicher resigniert und wären kraftlos gewesen. Unsere Frau aber wagte den Umzug in eine andere Stadt, in eine kleine Wohnung ganz zentral, so dass man alles, Arzt, Apotheker, Frisör, Tochter in der Nähe hatte. Alles war gut zu Fuß zu erreichen, denn Auto und Rad hatten ihren Platz im Leben der Frau verloren. Immerhin war sie nun schon weit über

70 Jahre alt, die Augen wollten nicht mehr so recht den Tag sehen, und die Arthrose plagte die alten Knochen. Doch für alles, was nicht mehr so funktionierte wie früher einmal, akzeptierte sie in ihrem neuen Lebensabschnitt nun Hilfsmöglichkeiten, sei es eine Putzfee für das Reinemachen der Wohnung, eine Lupe mit Beleuchtung zum Kreuzworträtsel oder der elegante Handstock zum Spaziergang.

Fragen wir uns nicht wirklich: Was ist es, das der alten Frau hier diesen Mut, diese Zuversicht und ihre ungebrochene Freude am Leben erhält? Was ist der Motor für sie, immer wieder gern in den Tag zu starten, morgens im Bett schon den Tag zu verplanen, laute Swing-Musik aus den 1950ern – sie war früher eine begeisterte Tänzerin – in der Küche zu hören? Und viel wichtiger, kann man diese Lebensfreude erlernen? Sie in einen trostlosen grauen Winter übertragen, wenn die Einsamkeit mächtig wird und traurige Gedanken über das gelebte Leben sich allzu breit machen? Was kann diese
Frau, was andere nicht können?

Ich habe sie gefragt, sie lächelte milde und antwortete leise:

»Mein Kind, es ist die Neugierde, die mich antreibt, ich will alles wissen vom Leben, es macht noch immer Spaß, und jeder Tag lohnt sich auf eine neue und andere Weise. Man kann Momente, sind sie auch noch so klein, einfangen wie Schmetterlinge. Früher waren es größere Erlebnisse, die mich freuten, mittlerweile sind es die kleinen Dinge des Lebens, die mir Spaß machen. Die Nachbarin, die an meinem Fenster vorbeigeht und mir zuwinkt, die nette Freundin, mit der ich drei Mal täglich telefoniere, die Besuche meiner kleinen Urenkelin, der Frühling, der bald kommt, mein Balkon, der einen neuen Wind braucht. Es gibt vieles … Und ich lebe heute bewusster denn je, denn ich weiß sehr genau, dass jeder Tag der letzte sein könnte.«

Und ich sage euch: Mit dieser Haltung wird die Frau 100 Jahre alt.

Christine Jakob

Blindenheilung

Vierzehn Tage hatte es gedauert. Heute war der erste Tag, an dem er sich etwas besser fühlte. Er lag im Bett, schaute halb schläfrig aus dem Fenster, beobachtete für eine Weile das Spiel von Sonne und Wind im frischen Grün der Bäume.

Er versuchte, sich zu erinnern. Er war nach Hause gekommen mit hohem Fieber, hatte sich ins Bett legen müssen. Seine Frau hatte noch am späten Abend den Arzt gerufen. Es musste ziemlich ernst mit ihm gestanden haben. Der Arzt war oft gekommen. Meist hatte er es nur ganz verschwommen wahrgenommen. Hätte er sterben können? »Weg vom Fenster«, wie sein Sohn manchmal sagte. Komische Sache, sich vorzustellen, dass man die Blätter da nicht mehr sehen sollte.

Du hättest sterben können. Er drehte sich auf den Rücken, starrte die Decke an, als könne er sich dadurch besser konzentrieren.

Er hob seine Hände vor die Augen. Die Haut

war weiß und schlaff. Kranke Hände. Aber er würde sie wieder brauchen können. Die Finger ließen sich beugen und strecken. Mit Wohlbehagen nahm er es wahr.

Die Nächte vor allem waren schlimm gewesen. Abends war das Fieber steil gestiegen, schlimme Atemnot war dazugekommen, Angst hatte ihn gepackt, ihm das Herz zusammengepresst. Zwei-, dreimal hatte seine Frau nachts das Bettzeug wechseln müssen, so sehr hatte er geschwitzt.

Wann hatte sie denn eigentlich geschlafen? Es fiel ihm nicht ein. Immer, so hatte er das Gefühl, war sie dagewesen. Hatte ihm ab und zu die Lippen angefeuchtet, die Kissen gerichtet, ihn zur Toilette geführt, das Licht abgedunkelt, wenn es ihm zu grell war, ihm die Tasse an den Mund gehoben. Ganz still war sie durchs Zimmer gegangen. Hatte neben ihm gestanden. Seine Hand gehalten.

Irgend etwas kam in ihm auf. Er konnte es noch nicht genau umschreiben. Sie hatte seine Hand gehalten. Jedes Mal, wenn er wach wurde, hatte er das gemerkt. Es hatte ihm gutgetan. Und sie hatte alles ganz still getan. Mit leisen guten Worten. Behutsam. Und immer war sie dagewesen.

Die Tür zur Küche öffnete sich. Sie kam mit einer Tasse herein. »Schau, wie verschieden das Grün ist an den Bäumen da draußen«, sagte er. »Ja? Das hast du früher nie gesehen«, antwortete sie.

»Ich habe vorher manches nicht gesehen.« Er nahm ihre Hand und schaute in ein übermüdetes Gesicht mit liebevollen Augen.

Anton Jansen

ie Disko-Oma

Anfangs haben sie ja ganz schön dumm ge-
schaut, wenn sich die alte Frau mit ihrem
Strickzeug gleich neben dem Disk-Jockey
setzte. Sie saß da den ganzen Abend bei einer Cola, strickte und schaute den jungen
Leuten bei ihren wilden Tänzen zu. Ein paar
ganz Obergescheite konnten es natürlich
nicht lassen und versuchten, die alte Frau,
die hier irgendwie so fehl am Platz wirkte,
zu provozieren. Aber sie lächelte nur jeden
freundlich an, der etwas zu ihr sagte, und
ließ sich nicht weiter stören.
Mit der Zeit gewöhnten sich alle an sie,
so sehr, dass sie sogar von »unserer« Oma
sprachen, wenn sie ihren Freunden von ihr
erzählten. Manchmal setzte sich eines von
den Mädchen zu ihr an den Tisch und erzählte ihr von seinem Liebeskummer oder
seinen Problemen mit den Eltern. Sie nickte
dann verständnisvoll oder schüttelte auch
hin und wieder bedächtig den Kopf, wenn
das junge Ding neben ihr gar zu aufgeregt

wurde, aber sie sagte nie etwas. Das störte allerdings auch niemanden, sie wollten sich vor allem ausreden, und da war die alte Dame gerade recht, sie kritisierte niemanden und versuchte auch niemals, sich in irgendetwas einzumischen. Für die Mädchen war das Wichtigste, dass sie einmal über ihre Sorgen reden konnten, konkrete Hilfe erwarteten sie sich sowieso nicht.

Sie ergriff nur ein einziges Mal die Initiative, als unter den Burschen auf der Tanzfläche eine Schlägerei auszubrechen drohte.

Da stand sie auf, legte einem von ihnen, einem großen Kerl in abenteuerlicher Punkerausrüstung, die Hand auf die Schulter und schüttelte nur ganz langsam den Kopf, als dieser sie erstaunt ansah. Irgendwie war ihm die Sache dann wohl peinlich, denn er zuckte mit den Schultern, ließ seine Kontrahenten stehen und setzte sich an einen Tisch. Die Oma lächelte den anderen zu, packte ihr Strickzeug zusammen und ging.

Das ging ungefähr ein Jahr so: Die Disko-Oma kam kurz nach Öffnung in die Diskothek, setzte sich immer an den gleichen

Tisch neben dem Disk-Jockey und begann zu stricken. Sie schien sich zu freuen, wenn sich jemand zu ihr an den Tisch setzte, sie lächelte freundlich und nickte, wenn man ihr etwas erzählte, und sie sagte nie etwas.

Sie gehörte schon fast zum Inventar, und niemand machte mehr dumme Bemerkungen über sie. Im Gegenteil, wenn sich ein neuer Gast über sie lustig machen wollte, wurde er von den Stammgästen sofort zur Ordnung gerufen.

Dann blieb plötzlich ihr Tisch über eine Woche lang leer. Die jungen Leute wunderten sich, und viele hätten gerne gewusst, was mit »ihrer« Oma passiert war, aber sie hatten keine Ahnung, wie sie hieß oder wo sie wohnte.

Dann, eines Abends, legte der Disk-Jockey keine Platten auf, und die Lichtorgel wurde nicht in Betrieb genommen. Die Burschen und Mädchen kamen sich irgendwie fehl am Platz vor mit ihren fantasievollen Kleidern in der ungewohnt stillen Diskothek. Sie schauten beunruhigt und neugierig auf den Geschäftsführer, der zusammen mit einem seriösen älteren Herrn an Omas Tisch saß. Dieser holte einen Brief aus seiner Aktentasche und räusperte sich. »Ich glaube, ihr habt alle die alte Dame gekannt, die immer an diesem Tisch gesessen hat. Ich muss euch leider mitteilen, dass sie vor einer Woche gestorben ist. Sie war schon viele Jahre herzkrank und ist eines Morgens nicht mehr aufgewacht. Ich war ihr Rechtsanwalt, und sie hat bei mir einen Brief hinterlegt, den ich euch im Falle ihres Todes zur Kenntnis bringen soll. Das ist er:

Meine lieben jungen Leute! Ihr habt euch sicherlich gewundert, was die alte Oma in eurem Jugendtempel wohl verloren hatte. Ich will versuchen, euch das kurz zu erklären.
Ich lebe ganz alleine, Kinder hatte ich leider nie, mein Mann ist schon seit vielen Jahren tot, und auch die meisten Verwandten und Bekannten leben nicht mehr. Ich bin fast taub, und das macht es sehr schwer, neue Bekanntschaften zu knüpfen.
Nun war ich schon immer gerne mit jungen Leuten zusammen, und als ich eines Tages in

der Zeitung einen Bericht über eine Diskothek gelesen habe, dachte ich mir, dass das genau das Richtige für mich sein müsste.

Ich wäre unter vielen jungen Leuten, und die laute Musik würde mich nicht stören, da ich sie sowieso kaum höre. Das ist der Grund, warum ich immer zu euch gekommen bin. Ich habe zwar nicht verstanden, was ihr mir erzählt habt, aber ich glaube ungefähr zu wissen, worum es da ging. Es gab mir das Gefühl, dazuzugehören, noch ein kleines bisschen gebraucht zu werden, wenn sich einer von euch zu mir setzte. Dafür will ich euch danken.

Ich könnte euch jetzt noch so manchen guten Rat geben und einige von euch ermahnen, doch weniger zu trinken oder die Finger vom Rauschgift zu lassen, denn ich habe in der Zeit bei euch allerhand beobachtet, meine Augen und mein Hirn sind ja noch ganz in Ordnung. Aber ich will nicht nach meinem Tod damit anfangen, mich in eure Angelegenheiten einzumischen. Ihr müsst schon selber herausfinden, was für euch das Richtige ist.

Nur eines sollt ihr noch wissen: Ich habe meine Ersparnisse, die nicht unbeträchtlich sind, in eine Stiftung eingebracht, die euch zur Verfügung steht. Wenn also einer von euch in ernsthaften Schwierigkeiten steckt, soll er sich an meinen Rechtsanwalt wenden, er ist der Treuhänder.

Das war's, was ich euch sagen wollte. Nur eines noch: Ich danke euch von ganzem Herzen dafür, dass ihr mich aufgenommen habt.

Eure Disko-Oma

P.S.: Wenn mein Arzt recht behält, so werde ich wohl in der Adventszeit sterben. Für diesen Fall habe ich mir bei eurem Disk-Jockey ein Lied bestellt. Wenn ihr mich in guter Erinnerung habt, versucht doch bitte, mitzusingen!«

So kam es, dass fast alle, die da in ihren Punk- und Rockkostümen etwas verlegen herumstanden, mitsangen, als aus den Lautsprechern das Lied ertönte: »Macht hoch die Tür, die Tor macht weit«.

Ingrid Wohlgemuth

Eure Kinder

Eure Kinder sind nicht eure Kinder.
Sie sind die Söhne und Töchter der
Sehnsucht des Lebens nach sich selber.
Sie kommen durch euch,
aber nicht von euch,
und obwohl sie mit euch sind,
gehören sie euch doch nicht.

Ihr dürft ihnen eure Liebe geben,
aber nicht eure Gedanken,
denn sie haben ihre eigenen Gedanken.

Ihr dürft ihren Körpern ein Haus geben,
aber nicht ihren Seelen.
Denn ihre Seelen wohnen im Haus von
morgen, das ihr nicht besuchen könnt,
nicht einmal in euren Träumen.

Ihr dürft euch bemühen,
wie sie zu sein,
aber versucht nicht,
sie euch ähnlich zu machen.

Denn das Leben läuft nicht rückwärts,
noch verweilt es im Gestern.

Ihr seid die Bogen, von denen eure Kinder
als lebende Pfeile ausgeschickt werden.

Der Schütze sieht das Ziel
auf dem Pfad der Unendlichkeit,
und er spannt euch mit seiner Macht,
damit seine Pfeile schnell und weit fliegen.
Lasst euren Bogen von der Hand des Schützen
auf Freude gerichtet sein;
denn so, wie er den Pfeil liebt, der fliegt,
so liebt er auch den Bogen, der fest ist.

Khalil Gibran

ünsche

Wünsche, an die wir uns
zu sehr klammern,
rauben uns leicht etwas von dem,
was wir sein sollen und können.

Wünsche, die wir um der
gegenwärtigen Aufgabe willen
immer wieder überwinden,
machen uns – umgekehrt – reicher.

Wunschlosigkeit ist Armut.

Dietrich Bonhoeffer

apitel 3

Wenn die Einsamkeit mich berührt

»*Jeder neue Morgen*
ist ein neuer Anfang unseres Lebens.
Jeder Tag ein abgeschlossenes Ganzes.«
(Dietrich Bonhoeffer, 1906 – 1945)

Vom November

Es ist November gekommen, und viele Menschen sahen grau auch dort, wo bunte Farben das Bild beherrschten. »Im November ist alles trist«, sagten sie. »Die Gesichter der Menschen. Das Wetter. Die Natur. Das Leben.«

»Wer grau sehen will, verliert den Blick auf das Bunte«, widersprach ein Mann. Und schnell zog er seine knallbunte Jacke an. Seine Großmutter hatte sie ihm einst aus vielen bunten Wollresten gestrickt und »Damit du immer fröhlich sein kannst im Leben« gesagt. »Ich begreife es nicht, dieses Grau des Novembers.«

»Ich begreife es auch nicht«, murmelte der November. »Warum macht man aus mir einen unliebsamen und humorlosen Kerl? ›Totenmonat‹ nennt man mich. Ich fühle mich aber nicht tot. Auch nicht übellaunig, müde, krank, trist und hässlich! Bin ich denn wirklich so hässlich?«

Er blickte auf sein graues Gewand, das im

Licht der Sonne geheimnisvoll silbern wie von Diamanten bestickt funkelte.

»Sie sehen nicht, was sie nicht sehen wollen«, murmelte er.

Bekümmert sahen auch seine Monatskollegen zu ihm herab.

»Sollen wir ihn trösten?«, fragte der Juni.

»Wir könnten ihm ein buntes Wettertheater schicken«, überlegte der April. »Oder Schnee«, warf der Januar ein. »Mit fröhlich tanzenden Schneeflocken.«

»Falsch«, widersprach der September. »Damit zeigt ihr ihm nur seine vermeintlichen Unzulänglichkeiten. Dies würde meinen Herbstbruder noch mehr betrüben. Er ist so bescheiden. Lasst ihn weiter auf seine ruhige Weise durch die Lande ziehen, und wenn doch der eine oder andere Mensch seine schönen und liebenswerten Seiten entdeckt, wird ihn das umso mehr freuen.«

Die Monate nickten zustimmend. Dann blickten sie wieder zum November hinab.

Still und leise zog der mit seinem weiten Nebelumhang über Städte, Dörfer, Wiesen, Felder und Wälder und sorgte dafür, dass die Natur zur Ruhe kam.

Elke Bräunling

Schneien

Es schneit, schneit, was vom Himmel herunter mag, und es mag Erkleckliches herunter. Das hört nicht auf, hat nicht Anfang und nicht Ende. Einen Himmel gibt es nicht mehr, alles ist ein graues weißes Schneien. Eine Luft gibt es auch nicht mehr, sie ist voll Schnee. Eine Erde gibt es auch nicht mehr, sie ist mit Schnee und wieder mit Schnee zugedeckt. Dächer, Straßen, Bäume sind eingeschneit.

Auf alles schneit es herab, und das ist begreiflich, denn wenn es schneit, schneit es begreiflicherweise auf alles herab, ohne Ausnahme. Alles muss den Schnee tragen, feste Gegenstände wie Gegenstände, die sich bewegen, wie z. B. Wagen, Mobilien wie Immobilien, Liegenschaften wie Transportables, Blöcke, Pflöcke und Pfähle wie gehende Menschen.

Kein Fleckchen existiert, das vom Schnee unberührt bleibt, außer was in Häusern, in Tunneln oder in Höhlen liegt. Ganze Wälder,

Felder, Berge, Städte, Dörfer, Ländereien werden eingeschneit. Auf ganze Staatswesen, Staatshaushaltungen schneit es herab. Nur Seen und Flüsse sind uneinschneibar. Seen sind unmöglich einzuschneien, weil das Wasser allen Schnee einfach ein- und aufschluckt, aber dafür sind Gerümpel, Abfällsel, Hudeln, Lumpen, Steine und Geröll sehr veranlagt, eingeschneit zu werden.

Hunde, Katzen, Tauben, Spatzen, Kühe und Pferde sind mit Schnee bedeckt, ebenso Hüte, Mäntel, Röcke, Hosen, Schuhe und Nasen. Auf das Haar von hübschen Frauen schneit es ungeniert herab, ebenso auf Gesichter, Hände und auf die Augenwimpern von zur Schule gehenden, zarten kleinen Kindern. Alles, was steht, geht, kriecht, läuft und springt, wird sauber eingeschneit.

Hecken werden mit weißen Böllerchen geschmückt, farbige Plakate werden weiß zugedeckt, was da und dort vielleicht gar nicht schade ist. Reklamen werden unschädlich und unsichtbar gemacht, worüber sich die Urheber vergeblich beklagen. Weiße Wege gibt's, weiße Mauern, weiße Äste, weiße

Stangen, weiße Gartengitter, weiße Äcker, weiße Hügel und weiß Gott was sonst noch alles. Fleißig und emsig fährt es fort mit Schneien, will, scheint es, gar nicht wieder aufhören.

Alle Farben, rot, grün, braun und blau, sind vom Weiß eingedeckt. Wohin man schaut, ist alles schneeweiß; wohin du blickst, ist alles schneeweiß.

Und still ist es, warm ist es, weich ist es, sauber ist es. Sich im Schnee schmutzig zu machen, dürfte sicher ziemlich schwer, wenn nicht überhaupt unmöglich sein. Alle Tannenäste sind voll Schnee, beugen sich unter der dicken weißen Last tief zur Erde herab, versperren den Weg. Den Weg? Als wenn es noch einen Weg gäbe! Man geht so, und indem man geht, hofft man, dass man auf dem rechten Weg sei.

Und still ist es. Das Schneien hat alles Geräusch, allen Lärm, alle Töne und Schälle eingeschneit. Man hört nur die Stille, die Lautlosigkeit, und die tönt wahrhaftig nicht laut. Und warm ist es in all dem dichten weichen Schnee, so warm wie in einem heimeligen

Wohnzimmer, wo friedfertige Menschen zu irgendeinem feinen lieben Vergnügen versammelt sind.

Und rund ist es, alles ist rundherum wie abgerundet, abgeglättet. Schärfen, Ecken und Spitzen sind zugeschneit. Was kantig und spitzig war, besitzt jetzt eine weiße Kappe und ist somit abgerundet. Alles Harte, Grobe, Holprige ist mit Gefälligkeit, freundlicher Verbindlichkeit, mit Schnee, zugedeckt. Wo du gehst, trittst du nur auf Weiches, Weißes, und was du anrührst, ist sanft, nass und weich. Verschleiert, ausgeglichen, abgeschwächt ist alles.

Wo ein Vielerlei und Mancherlei war, ist nur noch eines, nämlich Schnee; und wo Gegensätze waren, ist ein Einziges und Einiges, nämlich Schnee. Wie süß, wie friedlich sind alle mannigfaltigen Erscheinungen, Gestalten miteinander zu einem einzigen Gesicht, zu einem einzigen sinnenden Ganzen verbunden. Ein einziges Gebilde herrscht. Was stark hervortrat, ist gedämpft, und was sich aus der Gemeinsamkeit emporhob, dient im

schönsten Sinne dem schönen, guten, erhabenen Gesamten. Aber ich habe noch nicht alles gesagt. Warte noch ein wenig. Gleich, gleich bin ich fertig.

Es fällt mir nämlich ein, dass ein Held, der sich tapfer gegen eine Übermacht wehrte, nichts von Gefangengabe wissen wollte, seine Pflicht als Krieger bis zu allerletzt erfüllte, im Schnee könnte gefallen sein. Von fleißigem Schneien wurde das Gesicht, die Hand, der arme Leib mit der blutigen Wunde, die edle Standhaftigkeit, der männliche Entschluss, die brave tapfere Seele zugedeckt. Irgendwer kann über das Grab hinwegtreten, ohne dass er etwas merkt; aber ihm, der unterm Schnee liegt, ist es wohl, er hat Ruhe, er hat Frieden, und er ist daheim. Seine Frau steht zu Hause am Fenster und sieht das Schneien und denkt dabei: »Wo mag er sein, und wie mag es ihm gehen? Sicher geht es ihm gut.« Plötzlich sieht sie ihn, sie hat eine Erscheinung. Sie geht vom Fenster weg, sitzt nieder und weint.

Robert Walser

Die Geschichte vom unglücklichen Engel

Es war einmal ein Engel, der hatte schon so vielen Menschen geholfen, aber selber war er manchmal sehr unglücklich. Er fühlte sich so klein und wertlos und dachte viel darüber nach, was ihn wertvoller machen könnte. Die Menschen sagten ihm »Kauf Dir etwas Schönes, dann fühlst Du Dich besser.« Und so kaufte sich der Engel zunächst ein neues strahlend weißes Engelsgewand.

Erst fühlte sich der Engel damit ganz toll und alle anderen Engel bewunderten ihn. Nach einiger Zeit fand er sein neues Gewand aber nicht mehr interessant genug und so kaufte er sich golden glitzernden Sternenstaub. Den streute er auf sein Gewand und seine Flügel. Alle anderen Engel waren geblendet von seiner Schönheit.

Doch schon wenig später fand der Engel sich wieder langweilig. Er dachte darüber nach was ihn noch schöner machen könnte, und so kaufte er sich von seinem ganzen restlichen Geld eine große weiße Wolke, die so weich war wie Samt. Ein Sonnenstrahl fiel auf die Wolke, so dass sie hell leuchtete. Der Engel war begeistert, legte sich auf die Wolke und ließ sich treiben.

Es dauerte nicht lange, da hatte der Engel wieder dieses schreckliche Gefühl, so wertlos zu sein, trotz allem, was er besaß und der Bewunderung aller anderen Engel. Da musste er ganz furchtbar weinen, weil er nicht mehr wusste, was er noch tun konnte. Er dachte sich: »Ich stehe nie mehr auf! Es hilft alles nichts. Soll die Welt nur ohne mich auskommen. Das hat sie nun davon, dass sie mir nichts bieten kann, an dem ich länger Freude habe!«

Am ersten Tag war der Engel so traurig und wütend, dass er sich von allen anderen Engeln zurückzog und nicht mehr mit ihnen reden wollte.

Am zweiten Tag schaute der Engel in die endlose blaue Weite des Himmels und fühlte sich leer und tot.

Am dritten Tag fühlte er einen Sonnenstrahl

auf seinem Gesicht. Da dachte er einen Moment: »Wie warm sich der Sonnenstrahl anfühlt!« Aber dann fragte er sich gleich: »Was soll ich mit einem Sonnenstrahl? Er wird mir auch nicht weiterhelfen!«

Am vierten Tag kam der Sonnenstrahl wieder. Der Engel dachte sich: »Eigentlich ist der Sonnenstrahl das Beste, was ich im Moment habe, und wenn er mir auch nicht helfen kann, so kann ich mich doch ein wenig an ihm wärmen!«

Am fünften Tag dachte der Engel schon gleich am Morgen an den Sonnenstrahl und stellte sich vor, wie schön es wäre, wenn er wiederkommen würde. Dabei wurde ihm warm ums Herz, und er spürte, wie sich alles anders anfühlte bei dem Gedanken an den Sonnenstrahl.

Als der Sonnenstrahl dann wirklich kam, war der Engel so aufgeregt, dass er gar nicht wusste, ob er sich erst seine Füße oder seine Hände oder seinen Kopf wärmen lassen sollte.

Von da an war jeder Tag nur noch auf den Sonnenstrahl ausgerichtet. Der Engel dachte schon am Morgen daran, wie der Sonnenstrahl ihn bald wieder wärmen würde. Er ließ sich immer tiefer in die Vorstellung der Wärme fallen und merkte, wie sich seine Lustlosigkeit in Erwartung verwandelte und wie seine Traurigkeit und seine Angst an ihm vorüberzogen, ihn aber nicht mehr so tief erreichten wie früher.

Er fing an, wieder auf seiner Wolke hin- und herzugehen und dachte, wie schön es doch war, sich an etwas so freuen zu können. Der Sonnenstrahl durchströmte mehr und mehr seinen ganzen Körper. Die Energie des Lichts verteilte sich in ihm, und der Engel bekam wieder neue Kraft. Er schwang seine Flügel und flog zu den anderen Engeln, um ihnen von dem Sonnenstrahl zu erzählen. Auf dem Weg dorthin trafen ihn unzählige Sonnenstrahlen, und er wunderte sich, dass er sie früher nie so wahrgenommen hatte.

Der blaue Himmel war nicht mehr leer wie früher, sondern ein Meer des Lichts.

Auf einmal fühlte sich der Engel wie im Himmel, und nichts konnte ihm mehr die Hoffnung nehmen, wusste er doch nun um die Kraft der inneren Wärme, die es vermochte alles wundersam zu verwandeln.

Andrea Schober

Novembergedanken

Dein grauer Mantel wärmt mich nicht, November. Doch hüllt er mich ein, schmeichelt mir und lässt meine Linien weicher erscheinen. Ich habe das bunte Herbstgewand neben das zitronengelbe Sommerkleid gehängt. Das Grau schmücke ich mit farbenfrohen Tüchern, so wie ich meine Fenster mit Kerzenlicht erhelle.

Die Gedanken an das keimende Leben in der Natur verscheuchen die Tristesse, die wieder mal Gast in mir sein will. Ich habe gelernt damit umzugehen und habe mir ein Lächeln ins Gesicht gemalt, versuche es zu halten und siehe da, wie gespiegelt lächeln die Menschen zurück. Wo noch eben Missmut spürbar war, zaubert das Lächeln ein Licht um sie und strahlt immer heller. Freundliche Gesichter, warme Worte, ein Miteinander, wie ich es mir wünsche.

Es ist so leicht, warum machen wir es uns immer so schwer? Mein Herz tut sich auf und erkennt die Schönheit der Nebelschleier, gnädig verhüllen sie die Welt, geben ihr etwas Geheimnisvolles.

Im Abendlicht funkeln Tropfen wie Glasperlen an feinen Spinnfäden. Ich suche nach Elfen und Waldgeistern in dieser zauberhaften Natur, und manchmal habe ich Glück und entdecke ein Waldwesen in einer Baumrinde oder einer vergessenen Blüte. Ich umarme die Bäume, spüre ich Kraft und wünsche mir, dass ich wie sie den Lebensstürmen trotzen kann. Und plötzlich weiß ich: Ich kann! Ich muss es nur wollen und ich will.

Dankbar bin ich und demütig. Ich bin eins mit der Natur, sie nimmt mich auf, und das wird sie auch tun, wenn meine Erdenzeit zu Ende sein wird. Der Kreislauf des Lebens, es ist die Zeit, in der wir der Verstorbenen gedenken und ihre Gräber schmücken mit Farbe und Licht. Wir tragen sie in uns und sie stehen uns zur Seite, immer, nicht nur im November.

Vorfreude erwacht, kindliches Staunen, das mit großen Augen auf die Lichter schaut, die nach und nach die Fenster erleuchten. Schon erahne ich die ersten Schneekristalle, die auf meiner Nasenspitze schmelzen, und mit der Zunge fahre ich über die Lippen, um den Winter zu schmecken.

Willkommen, November, ich mag dich und deine Eigenheiten. Dein Geruch ist ausgeprägt in meiner Erinnerung, wie liebe ich den Duft des Laubes. Das Rascheln unter meinen Füßen singt mir ein Lied, und ganz leise klingen schon die Glocken des Advents mit.

Regina Meier zu Verl

Der Weg zum Paradies

Drei Freunde gingen gemeinsam durchs Leben, in guten und in bösen Zeiten, bergauf und bergab. Sie hatten sich im Laufe der Jahre schon alles gesagt, was zu sagen war. Sie kannten einander in- und auswendig. Da bedurfte es zwischen ihnen keiner großen Worte mehr. Das Ziel ihres Weges war es, das ihre Gedanken vor allem erfüllte. Ihm hofften sie an jeder neuen Wegbiegung entgegen. Ihr Ziel war das Paradies.

Wie aber das Paradies im Einzelnen aussähe, darüber gingen die Meinungen der drei weit auseinander. Und sie warteten gespannt darauf, wer Recht haben würde.

Eines Tages kamen sie an den Fuß eines gewaltigen, steilen Bergrückens, der die Ebene wie ein Riegel abschloss. Ein einziger schmaler und mühsamer Pfad führte zwischen Felsen hinauf, gerade so breit, dass ein Mensch ihn gehen konnte.

»Was für ein Land liegt denn auf der anderen Seite?«, fragten sie die Bewohner der Gegend.

»Wir wissen es nicht«, antworteten diese. »Von uns war noch keiner drüben, richtiger gesagt: Diejenigen von uns, die hinübergingen, kamen nicht wieder zurück. Und auch Fremde wie ihr, die ihr Weg von weit her führte und die den Bergrücken hinaufstiegen, wurden nicht wieder gesehen. So wissen wir nicht, was jenseits ist. Unsere alten Leute sagen allerdings, dort liege das Paradies.«

»Das Paradies!«, sagten die drei Freunde wie aus einem Munde und schauten einander mit großen Augen an. Sollte hier endlich das Ziel ihres Weges liegen?

So steil der Berg auch war, es gab kein Zögern. Einer von ihnen ging voran, die anderen halfen ihm nach Kräften weiter hinauf. Endlich war er oben. Er blickte hinüber in das Land jenseits des Berges und wandte sich kurz zurück. Man konnte sein Gesicht deutlich sehen. Er lächelte seinen Freunden zu, dann blickte er wieder nach vorn, überschritt den Bergkamm und war verschwunden.

Nun machte sich der zweite an den Aufstieg, ließ sich helfen, so gut es gehen wollte, und erreichte die Höhe. Wie der erste blickte er hinüber, wandte den Kopf kurz zu den unten Gebliebenen zurück, lächelte, tat ein paar Schritte nach vorn und verschwand.

Inzwischen hatte sich eine große Menschenmenge angesammelt, voller Neugier, ob endlich das Geheimnis des jenseitigen Landes gelüftet werde, das man Paradies nannte.

Als der dritte Wanderer ebenfalls nach oben drängte, seinen beiden vorausgegangenen Freunden nach, half man ihm bereitwillig hinauf. Damit er aber nicht seinerseits auch wie Rauch entschwinden könne, band man ihm eine lange starke Schnur an den Fuß. Gespannten Gesichtes klomm er nach oben und, auf dem Gipfel angelangt, blickte er zurück, ein überraschtes und strahlendes Lächeln auf den Zügen. Doch bevor er seinerseits über den Berg hinübergehen konnte, zog man ihn am Seil zurück, herunter, und überschüttete ihn mit Fragen danach, was er gesehen habe.

Er lächelte noch, ein bisschen traurig jetzt, und blickte sehnsüchtiger als vorher zu dem Berg hin, auf dem er gewesen war – wie einer, der jetzt genau weiß, was er sucht.

Aber auf die Fülle der Fragen nach der Beschaffenheit des Paradieses antwortete er keine Silbe. Er konnte nicht antworten. Er war stumm geworden.

Und darum hat die Neugier bis zum heutigen Tag nichts über das Paradies herausgefunden.

Nach einer russischen Legende

Vergiss die Träume nicht

Vergiss die Träume nicht,
wenn die Nacht wieder
über dich hereinbricht,
und die Dunkelheit dich wieder
gefangen zu nehmen droht.
Noch ist nicht alles verloren.
Deine Träume und deine Sehnsüchte
tragen Bilder der Hoffnung in sich.
Deine Seele weiß,
dass in der Tiefe Heilung schlummert
und bald in dir ein neuer Tag erwacht.

Ich wünsche dir,
dass du die Zeiten der Einsamkeit
nicht als versäumtes Leben erfährst,
sondern dass du beim
Hineinhorchen in dich selbst
noch Unerschlossenes in dir entdeckst.

Ich wünsche dir,
dass dich all das Unerfüllte
in deinem Leben nicht erdrückt,

sondern dass du dankbar sein kannst
für das, was dir an Schönem gelingt.

Ich wünsche dir,
dass all deine Traurigkeit
nicht vergeblich ist,
sondern dass du aus der Berührung
mit deinen Tiefen auch Freude
wieder neu erleben kannst.

Irischer Segenswunsch

Spuren

Nun bin ich auf den Spuren meiner Kindheit alte Wege gegangen, aber ich habe den Duft jener Landschaft nicht eingefangen, und gerade dieser Duft ist es, so scheint mir, nach dem ich Heimweh habe: Geruch nach geteerten Fischerbooten, nach den feuchten Flussauen, nach frisch geschlagenem Erlenholz, nach nassen und in der Sonne trockenen Fischernetzen, nach den feuchten Pflastern uralter Kirchen und Klöster, nach den Schilfdickichten am See, nach dem Heu der Hügelwiesen, nach den harzigen Bergkiefern und Alpenrosen und frischen Schnee, Gerüche, die der Bergwind mit sich brachte, der nachts wehte und am Morgen, und der vormittags schweigen musste, sollte das Wetter schön bleiben; er war unser zuverlässigster Wetterbote.

Luise Rinser

Die Bedeutung des Hundes

Als Mutter Erde das jüngste Kind von ihr und Vater Sonne gebar, kamen alle älteren Kinder ans Kinderbett, um ihr neues Geschwisterchen zu begrüßen und zu bewundern.« Es heißt Mensch«, flüsterte die Mutter Erde ihren Kindern zu. »Es wird einst ein Paradies für uns alle da sein, doch bis dahin wird es noch viel lernen müssen, und es wird uns allen viele Veränderungen bescheren. Damit es wachsen kann, braucht es unsere und auch eure Hilfe.«

Die Kinder der Erde waren ganz hingerissen von diesem neuen Wesen, und alle, die sie hier versammelt waren, boten dem Kind feierlich ihre ganz besonderen Kräfte an und stellten sich als Lehrer und Vorbilder zur Verfügung. Der Fels sprach: »Ich werde dem Kind Halt und Boden geben, es soll auf mir leben und in mir Schutz und Wohnung finden. Ich werde es nach und nach ins Geheimnis der Struktur und Form einweihen und es lehren, stabil und standfest zu werden.«

Der Baum sprach: »Ich werde es lehren, die Schöpfungskraft der Erde und des Himmels zu vereinen und werde ihm mit meinem Holz und meinen Früchten zum leiblichen und seelischen Wohl dienen.«

Der Büffel sprach: »Ich werde es mit meinem Körper ernähren und ihm Kraft und Wärme spenden, damit es wachsen und gedeihen kann.«

Der Adler öffnete seine mächtigen Flügel und sprach: »Ich werde seinen Blick weit oben ins Licht tragen, damit es Vater Sonne ins Angesicht schauen kann und sich zu seinem Ebenbild entwickelt.«

So kam ein Lebewesen nach dem anderen, und sie alle boten dem Kind ihre Hilfe und ihr Wissen an, denn sie alle liebten es.

Ganz am Schluss kam der alte Wolf. Er blickte das noch kleine Geschöpf lange an und sprach: »Ich werde ihm ein Führer sein, werde ihm zeigen, wie es sich im Leben behaupten muss und wie es seinem Schicksalsplan weise folgen kann. Doch meine Lehre wird es erst in vielen Daseinsjahren annehmen können, bis dahin braucht es erst einen Freund, der ihm hilft, es tröstet, der es schützt und der ihn die Liebe zu sich selber lehrt.«

Damit drehte er sich um und schaute lange stumm in sein Rudel. Er befahl einen verspielten, lebhaften jungen Wolf zu sich und sprach: »Du mein jüngster Sohn wirst die Aufgabe erhalten, diesem jüngsten Kind unserer großen Mutter Erde als treuer Freund zur Seite zu stehen. Begleite es treu und pass auf es auf. Es wird uns allen mit seiner Neugierde und Aufgewecktheit viel Ärger machen, und es wird sich häufig selbst sehr weh tun. Dann, mein Sohn musst du es an sein Gutsein und Richtigsein erinnern, du musst ihm zeigen, dass wir, die älteren Geschwister, es immer lieben und uns freuen über sein Wachstum.«

Der junge Wolf schaute seinen Vater ernst an und nickte: »Das will ich tun Vater.« Dann drehte er sich um und schaute auf das Menschenkind. Seine Augen wurden ganz sanft und weich, und seine Rute wedelte kaum merklich. Die Mutter Erde flüsterte ihm ganz sanft zu: »Nun kleiner Wolf, wirst Du ewig im Bann des Menschen bleiben und

Dein Volk verlassen. Du bist nun nicht mehr ein Wolf, ab heute sollst Du Hund genannt werden, was soviel bedeutet wie: ›Der die wahre Freundschaft lehrt‹.«

Der Hund legte sich glücklich neben das Bett des Menschen nieder und seufzte tief. Diesen Platz hat er bis heute nicht verlassen.

Regula Meyer

ie Tiere sind unsere Brüder, die großen wie die kleinen. Erst in dieser Erkenntnis gelangen wir zum wahren Menschentum. Diese Bruderschaft zwischen Mensch und Kreatur hat der heilige Franziskus von Assisi erkannt. Aber die Menschen verstanden es nicht. Sie meinten, es sei Poesie. Es ist aber die Wahrheit. Die Religion und die Philosophie müssen es anerkennen. Vergebens haben sie sich dagegen gewehrt.

Albert Schweitzer

Was mich bewegt

Man muss den Dingen
die eigene, stille ungestörte
Entwicklung lassen,
die tief von innen kommt
und durch nichts gedrängt
oder beschleunigt werden kann,
alles ist ausgetragen –
und dann geboren ...

Reifen wie der Baum,
der seine Säfte nicht drängt
und getrost in den Stürmen
des Frühlings steht,
ohne Angst,
dass dahinter kein Sommer
kommen könnte.
Er kommt ...!

Aber er kommt nur zu den Geduldigen,
die da sind,
als ob die Ewigkeit vor ihnen läge,
so sorglos, still und weit.

Man muss Geduld haben
gegen das Ungelöste im Herzen
und versuchen,
die Fragen selbst lieb zu haben,
wie verschlossene Stuben
und wie Bücher,
die in einer sehr fremden Sprache
geschrieben sind.

Es handelt sich darum, alles zu leben.
Wenn man die Fragen lebt,
lebt man vielleicht allmählich,
ohne es zu merken,
eines fremden Tages
in die Antworten hinein.

Rainer Maria Rilke

Nehmen Sie auch Gold?

Nach ihrem tollen Erfolg beim letzten Trödelmarkt ging Hermine mit beflügelnder Begeisterung daran, neue Ideen für den nächsten Flohmarkt zu sammeln. Altes hatte sie nicht mehr, also musste Neues her.

Spötter behaupten, auf einem Flohmarkt zu stehen, sei Verschwendung von Geld, Gut und Gehirnschmalz. Ach, diese Leute haben ja keine Ahnung, wieviel Spaß und Freude es macht, viele neue Menschen zu treffen, alten Bekannten zu begegnen und manche Freundschaft aufzufrischen.

Natürlich musste Hermine an solchen Tagen schon mitten in der Nacht aufstehen, um vier Uhr bereits ihren Stand aufbauen, weil um fünf Uhr die ersten Schnäppchenjäger über den Markt schnüffelten.

Als neues Element in Hermines Palette brachte sie heute selbst gebastelte Gewürzsträuße in verschiedenen Größen mit. Alle Wohlgerüche Arabiens schienen ihren Stand zu umwehen. Wochenlang hatte Hermine zu

Hause gebastelt, gedreht und geschnitten. Lorbeerblätter, Zimt- und Vanillestangen, Pfeffer- und Nelkenkörner – alles war artig zusammengebunden, in gold- und silberfarbige Manschetten gesteckt und zu wunderschönen Biedermeiersträußchen gebunden. Sie hatte in ihrer Begeisterung so viele gemacht, dass sie sich beim Auspacken am Stand nun bange fragte, ob sie die Kauflust der Leute nicht überschätzt hatte. Als sich jedoch später der Strom der Besucher wie ein träger Lindwurm durch die Straße zwängte, waren alle Bedenken verflogen. »Ihre Sträußchen sind allerliebst«, hörte sie immer wieder. Viele wechselten bald den Besitzer, und Hermines kleine Kasse füllte sich prächtig.

Gegen Mittag wurde es etwas ruhiger. Da bemerkte Hermine zum ersten Mal den kleinen, etwa fünf Jahre alten Jungen neben ihrem Stand. Wie lange er sie schon beobachtet hatte, wusste sie nicht.

»Nun, kleiner Mann, was möchtest du denn?« Erschrocken rannte der Junge weg und verschwand in der farbverschmierten Haustür gegenüber. Hermine wandte sich anderen Dingen zu. Doch bereits zehn Minuten später war der Junge wieder da. Scheu, mit ängstlichen dunklen Augen stand er etwas abseits und sah aus wie ein struppig verwaister Pudel. Hermine lächelte ihm aufmunternd zu. Zögernd kam er näher. »Ich möchte einen großen Strauß.« »Für dich?«, fragte Hermine. »Nein, für meine Mutter. Sie liegt oben im Bett und ist krank.« Hermine blickte an der schäbig grauen Fassade des Hauses hoch.

»Hier«, sagte sie und reichte dem Jungen ein hübsches Sträußchen. Doch der Kleine schüttelte energisch den Kopf. »Nein, ich will so einen ganz großen Strauß dort drüben.«

»Der kostet aber ziemlich viel Geld.«

»Das macht nichts. Ich kann bezahlen. Nehmen sie auch Gold?«

Verwirrt schaute Hermine ihn an. Doch der kleine Knirps zog bereits umständlich einen ordentlich gefalteten Zettel aus der Tasche: »Großvater hat gesagt, das hier ist Gold wert.« Hermine nahm den Zettel und las ihn. Bedächtig faltete sie ihn wieder zusammen und sagte: »Allerdings, das hier ist ein wertvolles Zahlungsmittel.« Dann holte sie den größten und schönsten Strauß, den sie hatte und überreichte ihn dem Jungen.

»Bekomme ich noch etwas Gold zurück?«

»Leider habe ich kein solches Wechselgeld hier. Deshalb nimmst du lieber diesen Zettel wieder mit. Du kannst ihn sicher noch gut gebrauchen.«

Freudestrahlend und gewichtig balancierend mit Zettel und Strauß überquerte der kleine Mann die Straße, um seiner Mutter sein Geschenk zu bringen.

Die Standnachbarin hatte alles mit angehört. »Womit hat der Junge denn bezahlt?«, fragte sie. Hermine drehte sich zur Nachbarin: »Mit dem wertvollsten, was der besaß. Mit einem Zettel auf dem stand:

Lieber Mirko,
möge Gott dich dein Leben lang begleiten,
behüten und segnen.
In Liebe dein Großvater.«

Ursula Berg

Die Wochen des Advents

Als wir Kinder waren, hatten wir in den Wochen vor Weihnachten zu Hause unseren Adventskranz. Auf dem Tannenzweiggewinde steckten die vier Kerzen. An den vier Adventssonntagen wurden sie angezündet, und wir sangen dann die alten Adventslieder.

In diesem Zusammenhang erinnere ich mich noch genau, dass wir Kinder unsere Eltern eines Tages mit einer unserer peinlichen Kinderfragen in die Enge trieben. Bei uns zu Hause war es Sitte, am ersten Adventssonntag alle vier Kerzen anzuzünden, am zweiten nur noch drei, am dritten zwei und am vierten nur noch eine einzige. Unsere Nachbarn dagegen machten es umgekehrt. Man begann mit einer einzigen Kerze, am zweiten Sonntag brannten dann zwei, am dritten drei, am vierten vier.

Erste Frage also: »Wer macht es richtig, wer macht es falsch?« Diplomatische Antwort der Eltern: »Beides ist gut, man kann es so oder so machen.« Sofort stößt die zweite

Frage nach: »Aber warum kann man es so oder so machen?« Darauf erklärte uns die Mutter dann, dass man sich bei beidem etwas denken könne: »Wir denken immer: Wie lange dauert es noch bis Weihnachten? Zuerst noch vier Wochen, also vier Kerzen. Dann drei Wochen, also drei Kerzen. Und so weiter, bis Weihnachten ist. Die Nachbarn dagegen zählen die Adventsonntage. Erster Adventsonntag, eine Kerze, zweiter Adventsonntag, zwei Kerzen, und so weiter, bis es Weihnachten ist.«

Soweit ich mich erinnern kann, waren wir damals mit dieser Antwort zufrieden. Sie war ja auch nicht falsch. Heute könnte ich trotzdem noch etwas mehr dazu sagen, obwohl ich nicht weiß, ob das, was ich mir so denke, wissenschaftlich beweisbar ist.

Ich glaube, meine Eltern, die zuerst alle Kerzen anzündeten und dann immer weniger, hatten den urtümlicheren Brauch. Je mehr es auf Weihnachten zuging, desto geringer wurde draußen in der Natur das Licht, desto länger wurden die dunklen Nächte. Der

grüne Kranz mit seinen vier Kerzen war ein

Symbol der Welt, genau wie dann an Weihnachten die Pyramide des Lichterbaums ein Symbol der Welt war. Die schwingende Zahl der Lichter auf dem Kranz zeigte an, dass die Welt immer dunkler wurde. Kurz vor Weihnachten waren dann die dunkelsten Tage erreicht. Von da an wurden die Tage wieder länger. Da strahlte die Hoffnung auf wachsendes Licht auf, und deshalb wurde dann ein ganzer Weltenbaum voller Lichter gesteckt.

So spiegelt sich in unserem winterlichen Lichterbrauchtum der Rhythmus der Natur. Wir erlebten im Symbol, selbst wenn wir es nicht voll begriffen, den ewigen Kreislauf des Jahres, das ewige Auf und Ab, das ewige Hin und Her.

Norbert Lohfink

Ich wünsche dir Zeit

Ich wünsche dir
nicht alle möglichen Gaben.
Ich wünsche dir nur,
was die meisten nicht haben:
Ich wünsche dir Zeit,
dich zu freun und zu lachen,
und wenn du sie nützt,
kannst du etwas daraus machen.

Ich wünsche dir Zeit
für dein Tun und dein Denken,
nicht nur für dich selbst,
sondern auch zum Verschenken.
Ich wünsche dir Zeit –
nicht zum Hasten und Rennen,
sondern die Zeit –
zum Zufriedenseinkönnen.

Ich wünsche dir Zeit –
nicht nur so zum Vertreiben.
Ich wünsche,
sie möge dir übrig bleiben
als Zeit für das Staunen

und Zeit für Vertraun,
anstatt nach der Zeit
auf der Uhr nur zu schaun.

Ich wünsche dir Zeit,
nach den Sternen zu greifen,
und Zeit, um zu wachsen,
das heißt, um zu reifen.
Ich wünsche dir Zeit,
neu zu hoffen, zu lieben.
Es hat keinen Sinn,
diese Zeit zu verschieben.

Ich wünsche dir Zeit,
zu dir selber zu finden,
jeden Tag, jede Stunde
als Glück zu empfinden.

Ich wünsche dir Zeit,
auch um Schuld zu vergeben.

Ich wünsche dir:

Zeit zu haben zum Leben!

Elli Michler

Kapitel 4

Zauberhafte Weihnachtszeit

»Frieden kannst du nur haben,
wenn du ihn gibst.«

(Marie von Ebner-Eschenbach, 1830 – 1916)

Das Weihnachtsgeschenk

Ihr ganzes Vermögen war 1 Dollar, 87 Cent, davon 60 Cent in Pennystücken. Alles mühsam zusammengekratzt und gespart. Und morgen war Weihnachten. Nichts blieb übrig, als sich auf die kleine, schäbige Couch zu werfen und zu heulen. Das tat Della denn auch, und es beweist uns, dass sich das Leben eigentlich aus Schluchzen, Seufzen und Lächeln zusammensetzt, wobei das Seufzen unbedingt vorherrscht.

Inzwischen betrachten wir das Heim etwas näher. Es ist eine kleine möblierte Wohnung zu acht Dollar in der Woche. Sie sieht nicht gerade armselig aus, ist davon aber auch nicht allzu weit entfernt. Unten im Hausflur hängt ein Briefkasten, in den niemals Briefe geworfen werden; daneben steckt der Knopf einer elektrischen Klingel, der kaum jemand je einen Ton abschmeichelt. Weiter befindet sich dort auch eine Karte, die den Namen »Mr. James Dillingham Young« trägt. Dieses »Dillingham«

war während einer Zeit vorübergehen den Wohlstandes ins Leben gerufen worden, als sein Besitzer dreißig Dollar in der Woche verdiente. Jetzt, da das Einkommen auf zwanzig Dollar zusammengeschrumpft ist, muten die Buchstaben von »Dillingham« etwas verschwommen an, als ob sie ernstlich beabsichtigten, sich zu einem bescheidenen anspruchslosen »D« zusammenzuziehen. Wenn aber Mr. J.D.Y. jeweils seine Etage erreichte, so wurde er »Jim« gerufen und von Frau J.D.Y., uns bereits als Della bekannt, zärtlich umarmt, womit das Buchstabenproblem unwichtig wurde. Somit ist alles in bester Ordnung.

Della hörte zu weinen auf und tröstete ihre Wangen mit der Puderquaste. Sie stand am Fenster und schaute bedrückt einer grauen Katze zu, die im grauen Hinterhof über einen grauen Zaun balancierte. Morgen war Weihnachten, und sie hatte nur das wenige Geld, um Jim ein Geschenk zu kaufen. Im Zimmer hing zwischen den Fenstern ein Spiegel. Wie hingewirbelt stand Della plötzlich mit hell leuchtenden Augen vor ihm.

Rasch löste sie ihr Haar und ließ es in seiner ganzen Länge fallen.

Im Besitze der J.D.Y.s gab es zwei Dinge, in die sie ihren ganzen Stolz setzten. Das eine war Jims goldene Uhr, die vor ihm seinem Vater und seinem Großvater gehört hatte. Das andere war Dellas Haar. Hätte in der Wohnung jenseits des Hofes die Königin von Saba gewohnt, Della hätte ihr Haar zum Trocknen aus dem Fenster gehängt, einzig und allein, um die Juwelen und Schmuckstücke ihrer Majestät wertlos erscheinen zu hassen. Und wäre König Salomon mit all seinen aufgestapelten Schätzen selbst Concierge des Hauses gewesen, Jim hätte jedes Mal beim Vorbeigehen seine Uhr gezückt, um zu sehen, wie König Salomon sich vor Neid den Bart ausrupfte.

So fiel Dellas Haar wie ein goldener Wasserfall glänzend und sich kräuselnd an ihr herab. Es reichte ihr bis unter die Knie und formte beinahe einen Mantel. Mit nervösen Fingern steckte sie es rasch wieder auf. Einmal zögerte sie einen Augenblick. Zwei Tränen fielen auf den abgetragenen roten Teppich. Sie schlüpfte in die alte braune Jacke, setzte den alten braunen Hut auf und huschte, immer noch das glänzende Leuchten in den Augen, zur Tür hinaus, die Treppen hinunter und durch die Straße. Sie stand erst still, als sie bei einem Schild anlangte, auf dem zu lesen war: »Mme. Sofronie, An- und Verkauf von Haar aller Art.« In einem Satz rannte Della ein Stockwerk hinauf; keuchend hielt sie an und fasste sich. Madame, groß, massig, zu weiß gepudert, sehr kühl, sah kaum aus, als wäre sie »Sofronie«.

»Kaufen Sie mein Haar?«, fragte Della. »Ich kaufe Haar«, sagte Madame. »Nehmen Sie den Hut ab und zeigen Sie, was Sie haben.« Herunter rieselte der braune Wasserfall. »20 Dollar«, mit geübter Hand wog Madame die Masse. »Geben Sie es, rasch«, sagte Della.

Oh, und die zwei folgenden Stunden vergingen wie auf rosigen Schwingen. Vergessen war die zermürbende Vorstellung der fehlenden Haare. Sie durchstöberte die Läden auf der Suche nach Jims Geschenk. Endlich fand sie es. Sicher war es für Jim und niemand anders gemacht. Nichts kam ihm gleich in keinem der Läden. Es war eine Platin-Uhrenkette, einfach und geschmackvoll in Form und Zeichnung. Sie war es sogar wert, die Uhr zu ketten. Sobald Della die Kette sah, wusste sie, dass sie Jim gehören musste. Sie war wie er. Zwanzig Dollar nahmen man ihr dafür ab, und mit 1 Dollar und 87 Cent eilte sie heim. Mit dieser Kette an seiner Uhr durfte Jim in jeder Gesellschaft so eifrig, wie er wollte, nach der Zeit sehen. So schön die Uhr war, schaute er nämlich manchmal scheu darauf, weil das alte Lederband, das er an Stelle einer Kette benützte, so schäbig war.

Als Della zu Hause ankam, ließ ihr Taumel nach, und sie wurde etwas vernünftig. Sie holte ihre Brennschere heraus, zündete das Gas an und machte sich daran, die Verheerung, die Großmütigkeit zusammen mit Liebe angerichtet hatte, wieder gut zu machen, was immer eine Riesenarbeit ist, liebe Freunde – eine Mammutaufgabe.

Nach vierzig Minuten war ihr Kopf mit kleinen, nahe beisammenliegenden Löckchen bedeckt, die ihr ganz das Aussehen eines

Lausbuben gaben. Lange schaute sie ihr Bild an, das der Spiegel zurückwarf, kritisch und sorgfältig. »Wenn Jim mich nicht tötet«, sagte sie zu sich selbst, »bevor er mich ein zweites Mal anschaut, so wird er sagen, ich sehe aus wie ein Chormädchen von Coney Island. Aber was konnte ich tun – oh, was konnte ich tun mit 1 Dollar und 87 Cent?«

Um sieben Uhr war der Kaffee gemacht, und die heiße Bratpfanne stand hinten auf dem Ofen, bereit, die Koteletts aufzunehmen, die darin gebraten werden sollten.

Jim kam nie spät. Della nahm die Kette in die Hand und setzte sich auf den Tisch bei der Türe, durch die er immer hereinkam. Dann hörte sie entfernt seinen Schritt im ersten Stockwerk, und für einen Augenblick wurde sie ganz weiß. Sie hatte die Gewohnheit, im Stillen kleine Gebete für die einfachsten Alltagsdinge zu sagen, und sie flüsterte vor sich hin: »Lieber Gott, mach, dass er denkt, ich sei immer noch hübsch.«

Die Tür öffnete sich. Jim kam herein und schloss sie. Er war mager und hatte ein sehr ernstes Aussehen. Armer Kerl, erst zweiundzwanzig und schon mit einer Familie beladen. Er hätte dringend einen neuen Mantel gebraucht und hatte keine Handschuhe.

Jim blieb an der Tür stehen, so unbeweglich wie ein Jagdhund, der eine Fährte wittert. Seine Augen waren auf Della gerichtet und hatten einen Ausdruck, den sie nicht deuten konnte und der sie erschreckte. Es war nicht Ärger. Della sprang vom Tisch herunter und lief auf ihn zu.

»Jim, Lieber«, rief sie weinend, »schau mich nicht so an. Ich ließ mein Haar abschneiden und verkaufte es, weil ich es nicht ausgehalten hätte, ohne dir ein Geschenk zu Weihnachten zu geben. Es wird wieder nachwachsen. Du bist nicht böse, nicht wahr? Ich musste es einfach tun. Mein Haar wächst unheimlich schnell. Sag ›Fröhliche Weihnachten‹, Jim, und lass uns glücklich sein. Du weißt ja gar nicht, welch schönes – wunderbar schönes Geschenk ich für dich habe.«

»Dein Haar hast du abgeschnitten?«, fragte Jim mühsam, als hätte er selbst mit der strengsten geistigen Arbeit diese offensichtliche Tatsache noch nicht erfasst.

»Abgeschnitten und verkauft«, sagte Della. »Verkauft ist es, sag ich dir, verkauft und fort. Heute ist doch Heiliger Abend, du. Sei lieb, es ist doch für dich. Sei lieb, ich gab es ja für dich weg. Es kann ja sein, dass die Haare auf meinem Kopf gezählt waren«, fuhr sie mit plötzlicher, ernsthafter Verliebtheit weiter, »aber niemand könnte je meine Liebe zu dir zählen. Soll ich jetzt die Koteletts auflegen, Jim?«

Nun schien Jim rasch aus seinem Trancezustand zu erwachen. Er nahm Della in seine Arme. Für zehn Sekunden wollen wir mit diskreter Genauigkeit irgendeinen belanglosen Gegenstand in entgegengesetzter Richtung eingehend betrachten. Acht Dollar in der Woche oder eine Million im Jahr – was ist der Unterschied? Ein Witzbold und ein Mathematiker würden uns beide eine falsche Antwort geben. Indessen zog Jim ein Päckchen aus seiner Manteltasche und warf es auf den Tisch.

»Du musst dir über mich nichts Falsches vorstellen, Della«, sagte er. »Ich glaube, da gäbe es kein Haarschneiden, Dauerwellen oder Waschen in der Welt, das mich dazu brächte, mein Frauchen weniger zu lieben. Aber wenn du das Paket da auspackst, wirst du sehen, warum ich mich zuerst eine Weile nicht erholen konnte.«

Weiße Finger zogen an der Schnur, rissen am Papier. Ein begeisterter Freudenschrei. Und dann – o weh ein rascher, echt weiblicher Wechsel zu strömenden Tränen und lauten Klagen erforderte die Anwendung sämtlicher tröstender Kräfte und Einfälle des Herrn des Hauses. Denn da lagen sie, die Kämme – die Garnitur von Kämmen, seitlich und rückwärts einzustecken, die Della so lange im Schaufenster einer Hauptstraße bewundert hatte. Fabelhafte Kämme, echtes Schildpatt, mit echten Steinen besetzt – gerade in den Farbtönen, die in dem wundervoll verschwundenen Haar so schön gespielt hätten. Es waren teure Kämme. Sie wusste es. Mit ganzem Herzen hatte sie diese Wunder begehrt. Und jetzt gehörten sie ihr, aber die Zöpfe, die mit diesen begehrenswerten Schmuckstücken hätten geziert werden sollen, waren fort.

Trotzdem drückte sie sie an ihr Herz, und endlich konnte sie auch mit verschleierten Augen aufsehen und lächelnd sagen: »Mein Haar wächst ja so schnell, Jim!«

Und dann sprang Della auf wie eine kleine Katze, die sich gebrannt hat, indem sie immerzu »Oh, oh« rief. Jim hatte ja sein wunderschönes Geschenk noch nicht gesehen. Sie hielt es ihm auf der offenen Hand eifrig entgegen. Das wertvolle, matt glänzende Metall schien ihre heitere und feurige Seele widerzuspiegeln.

»Ist es nicht großartig – das einzig Wahre? Ich habe danach gejagt, bis ich es fand. Du wirst jetzt jeden Tag hundertmal sehen müssen, wieviel Uhr es ist. Gib mir deine Uhr, ich muss sehen, wie die Kette daran aussieht.«

Anstatt zu gehorchen, machte es sich Jim auf der Couch bequem, legte die Hände hinter den Kopf und lächelte.

»Dell«, sagte er, »wir wollen unsere Weihnachtsgeschenke noch für einige Zeit aufbewahren, sie sind zu schön, als dass wir sie jetzt gebrauchen könnten. Denke, ich habe die Uhr verkauft, um das Geld für deine Kämme zu erhalten. Und jetzt, glaub ich, ist es das Beste, du stellst die Koteletts auf.«

William Sydney Porter (O Henry)
(1862 – 1910)

Der kleine Stern

Der kleine Stern stand am Himmel zwischen den Milliarden anderen Sternen. Er war ein kleiner, weißer Punkt, unendlich weit entfernt. Keiner bemerkte ihn. Eben das war sein Kummer. Er war kein Morgen- oder Abendstern. Kein Großer Bär. Nicht einmal das Reiterlein auf der Deichsel des Wagens. Als er sah, wie hell der Stern über dem Stall von Bethlehem leuchtete, dachte er: »Einmal möchte ich so leuchten! Einmal über dem Stall stehen, in dem das Kind geboren ist!« Aber die Erde war weit entfernt.

Doch das Kind in der Krippe hörte seinen Wunsch. Und das Kind sah den kleinen Stern, mitten zwischen den vielen anderen Sternen. Und dann geschah es: Der kleine weiße Punkt löste sich langsam aus der großen Milchstraße und fiel und fiel – immer tiefer. Und während er so fiel, wurde er immer größer. Jetzt war er schon so groß wie eine Hand und hatte fünf gelbe Zacken. Er sah aus wie ein richtiger Stern. Und dann fiel er ganz sanft mitten in den Stall. Auf dem Rand der Krippe hockte er und sah etwas erschrocken aus.

Maria, die gerade schlief, wunderte sich, dass es so hell wurde.

»Es ist Weihnachten«, sagte das Kind. »Du darfst dir etwas wünschen. Ich weiß, du hast einen großen Wunsch.«

Der kleine Stern aber sah nur das Gesicht des Kindes, wie es ihn anlächelte.

»Ich habe keinen Wunsch«; sagte der kleine Stern. Er sagte das nicht aus Bescheidenheit. Er hatte wirklich vergessen, was er sich so sehr gewünscht hatte. »Ich möchte nur eines«, sagte er, »lass mich hier bei dir bleiben – in deiner Nähe, wo ich dich sehen kann. Ich möchte immer bei dir bleiben. Darf ich das?«

»Das darfst du«, antwortete das Kind, »aber du kannst nur bei mir bleiben, wenn du weggehst; zu den Menschen, die hier auf der Erde wohnen. Wenn du ihnen erzählst, dass du mich gesehen hast.«

»Die Menschen«, sagte der kleine Stern, »werden meine Sprache nicht verstehen und mir nicht glauben. Und … wie soll ich zu ihnen kommen? Sie sind ja in ihren Häusern. Die Türen sind zu, es ist kalt.«

»Weil es kalt ist, sollst du zu ihnen gehen und sie wärmen. Und die Türen? Ich selbst werde sie für dich öffnen. Ich werde da sein bei den Menschen, zu denen du kommst.«

Der kleine Stern schwieg. Er fühlte sich jetzt noch kleiner als vorher. Als das Kind sah, dass der Stern traurig war, lächelte es ihn an: »Wenn du gehst, werde ich dir etwas schenken! Weil du fünf schöne gelbe Spitzen hast, will ich dir fünf Geschenke mit auf den Weg geben: Wohin du kommst, da wird es hell werden. Die Menschen sollen deine Sprache verstehen. Du kannst ihr Herz anrühren. Du kannst Traurige fröhlich machen und Unversöhnliche versöhnen.«

»Ich will es versuchen«, sagte der kleine Stern. Und als er aufstand, spürte er, dass etwas von dem Licht, das das Kind umgab, mit ihm ging. Etwas von der Wärme und Freude und seinem Frieden. Der kleine Stern stand nicht groß und leuchtend über dem Stall, er war eher unscheinbar, als er so über die Erde wanderte.

Aber er trug ein Geheimnis bei sich, von dem die anderen Sterne nichts ahnten: Das Kind hatte ihn angelächelt und auf den Weg geschickt. Es hatte ihm Gaben gegeben, die er kaum fassen konnte. Und so ging er nun über die Berge und durch die Flüsse. Er ging dorthin, wo keine Wege waren. So, wie das Kind es gesagt hatte. Überall wohnten Menschen.

Er musste nicht weit gehen, bis er an eine Hütte kam, in der eine alte Frau saß, die Ellenbogen auf den Tisch gestützt. Er konnte sie kaum erkennen, so dunkel war es im Haus.

»Guten Abend«, sagte der kleine Stern, »es ist so dunkel bei dir. Darf ich hereinkommen?«

»Es ist immer dunkel bei mir«, sagte die alte Frau. »Auch wenn ich Licht mache. Ich bin blind. Aber komm nur herein, wer du auch bist.«

»Danke«, sagte der kleine Stern und setzte sich zu der Frau an den Tisch. Und als sie eine Weile so dagesessen hatten, erzählte der Stern von seinem weiten Weg vom

Himmel und von dem, was er in Bethlehem erlebt hatte. Und er erzählte so schön, dass die Frau sagte: »Es ist mir fast so, als könnte ich das Kind in der Krippe auch sehen. Dabei bin ich doch blind, und das Kind ist weit weg. Wenn du bei mir bleibst, ist es heller. Bleib bitte bei mir, dann bin ich nicht so allein.«

»Du wirst nie mehr allein sein«, sagte der Stern, »das Licht des Kindes bleibt nun immer bei dir! Aber eines ist merkwürdig mit diesem Licht: Du kannst es nur behalten, wenn du es weiterschenkst.«

»Ich verstehe«, sagte die Frau. Die beiden verabschiedeten sich, die alte Frau schloss ihre Hütte ab und ging über die Felder. Sie ging wie jemand, der sehen konnte. Vor ihr auf dem Weg war das Licht. Ein Licht, das auch Blinde sehen.

Der kleine Stern freute sich. Er hatte noch mehr Geschenke zu verteilen, und die Weihnachtsnacht war noch nicht zu Ende. Sie geht nicht zu Ende.

Der Stern wandert noch heute über die Erde. Ich kann dir abends am Sternenhimmel den

Platz zeigen, wo er gestanden hat. Wo er heute ist, weiß ich nicht. Aber ich weiß, dass er nur zu denen kommt, die sich etwas wünschen. Die Frau hatte sich gewünscht, nur so viel sehen zu können, dass sie aufstehen und gehen konnte.

Und der kleine Stern – er wäre noch heute ein kleiner weißer Punkt am Himmel, wenn er nicht einen so großen Wunsch gehabt hätte.

Zu Weihnachten darf sich jeder etwas wünschen, nicht nur Kinder. Das Kind in der Krippe hört alle Wünsche und fragt: Was soll ich dir schenken?

In der Weihnachtsnacht geschehen Wunder, auch in diesem Jahr. Vielleicht geschieht sogar das Wunder, dass du – wie der Stern – deinen Wunsch vergisst, wenn du das Kind siehst und es dich anlächelt.

Gerhard Oellinger

Hoffnung

Grau und trübe hängt der Tag in den Straßen. Ein leichter Schneeregen hat eingesetzt. Oben auf den Bahnsteigen ist es unangenehm kalt, ein scharfer Wind lässt die Wartenden frösteln. Der alte Mann schlägt den Kragen seines Mantels hoch. Die Frau stellt ihre Tasche auf den Boden, hebt die Hand an den Mund und hustet ein paarmal.

»Freust du dich?«, fragt der Alte und schaut sie an. Ein helles großes Licht ist in ihren Augen.

»Das weißt du doch«, lächelt sie ein wenig, »so was brauchst du doch nicht zu fragen.« Sie nimmt ein Taschentuch und wischt sich damit über Augen, Nase und Mund. Ihr Gesicht wird plötzlich wieder ernster.

»Wenn ich nur genau wüsste, ob er kommt«, sagt sie.

»Naja«, antwortet der Alte, ›vielleicht‹ hat er geschrieben. ›Vielleicht werde ich kommen. Ich kann es noch nicht ganz genau sagen.

Aber wenn ich komme, bin ich am 23. Dezember bei euch‹.«

So hat er geschrieben. Fast genauso hatte er im vorigen Jahr geschrieben, und auch im Jahr davor war die Situation die gleiche. Es waren in diesen beiden Jahren schwerwiegende Gründe gewesen, die ihn bewogen hatten, die geplante lange Reise zu seinen Eltern aufzuschieben.

»Heute kommt er bestimmt «, sagt der alte Mann, und aus seiner Stimme spricht überzeugte Hoffnung.

»Der wird staunen«, sagt die Frau, »wenn er unsere renovierte Wohnung sieht. Und unseren herrlich geschmückten Tannenbaum. Und unsere Geschenke für ihn und die beiden Kinder. Schade, dass Bärbel und Helga nicht mitkommen können.«

Aus der Ferne kommt das Geräusch eines fahrenden Zuges. Zwei gelbe Lichtpunkte kommen näher, werden größer, gleiten vorbei. Der Zug hält. Die Türen springen auf. Menschen strömen aus und in die Abteile. Die alte Frau geht aufgeregt an den Wagen entlang. Der Mann bleibt an seinem Platz stehen und schaut nach rechts und links. Allmählich verliert sich der Strom der Reisenden. Dann ist der Bahnsteig wieder leer. Die Türen werden zugeschlagen. Ein schriller Pfiff ertönt. Langsam setzt sich die Wagenkette in Bewegung. Der alte Mann schaut zu Boden. Das Licht in den Augen der Frau ist erloschen. Ganz leicht legt er dann seinen Arm um ihre Schulter. Es sieht so aus, als ob er sie einen Augenblick an sich drückt.

»Jetzt wird er auch dieses Jahr nicht kommen«, sagt sie tonlos.

»Komm«, sagt der Alte, »gehen wir nach Hause.«

Langsam steigen sie die Stufen zum Ausgang hinunter. Dann bleibt er plötzlich stehen. In seinen Augen ist auf einmal etwas, das ihr neue Hoffnung gibt.

»Vielleicht kommt er doch noch«, sagt er, »ich kann einfach nicht glauben, dass er uns auch jetzt zu Weihnachten nicht besucht. Wir dürfen niemals die Hoffnung aufgeben, hörst du? Niemals.«

»Ja«, sagt die Frau, »hoffen können wir, dass er doch noch kommt. Vielleicht heute

Abend, vielleicht morgen, vielleicht auch am ersten Weihnachtstag.«

Am Morgen des Heiligen Abend bringt der Postbote ein Telegramm. Natürlich ist es von Franz, ihrem Sohn. Hastig reißt der Alte den Umschlag auf: »Komme heute Nachmittag, 16 Uhr. Alles andere mündlich. Gruß Franz.« Die Frau sagt kein Wort.

Der Mann legt das Telegramm langsam auf den Tisch. Dann schauen sie sich an. Das helle, große Leuchten ist jetzt in beiden Gesichtern. Dann sagt der Alte: »Gott sei Dank!« Mehr nicht.

Aber in diesen drei Worten liegt alles, was beide fühlen: Freude, Frieden, frohe Erwartung, Dankbarkeit, erfüllte Hoffnung ...

Hans Orths

Die Lupe

Der Tag war trübe und nasskalt, und die Schuhe der Kunden, die zu mir in den Laden kamen, hinterließen Spuren auf dem Fußboden. Es sah nicht festlich aus. Daran änderten auch die ungezählten Girlanden glitzernden Flitters nichts, die überall von den Wänden und Lampen hingen. Unser Bote kam. Eben hatte er seine Runde mit Austragen der Pakete beendet. Auch ihm tropfte der nasse Schnee aus den Haaren, die er viel zu tief über die Augen trug. Er war mürrisch wie immer und verzog sich hinter den Vorhang, hinter dem ich ihm die neuen Pakete bereitzumachen gewohnt war.

Ich mochte ihn nicht sonderlich, aber er sah ziemlich verfroren aus, und ich stellte ihm eine Tasse vom immer bereiten heißen Tee hin und legte ihm noch eine Süßigkeit dazu. Ich hatte einmal mit seiner kleinen, zarten Mutter gesprochen. Sie wohnte mit ihrem Sohn allein, und ich erinnerte mich, dass sie sich erst kürzlich wieder verheiratet hatte.

161

»Du hast jetzt wieder einen Vater, nicht wahr?«, sagte ich zu ihm, während ich die Pakete für ihn richtete.

»Hm«, tönte es zwischen zwei Bissen.

»Ist er nett mit dir?«

»Wir reden nicht mehr miteinander«, sagte er da mit bitterem Stolz in der Stimme.

»Das muss schrecklich sein, auch für deine Mutter. Warum denn nur?«

Der Bursche zuckte die Achseln: »Er sagte gleich am Anfang zu mir, ich käme zu spät nach Hause und ich trüge zu langes Haar und zu enge Hosen und sonst noch vieles. Aber ich habe ihm auch danach geantwortet.«

»Schade, dass ihr zwei nicht miteinander auskommt. Es muss doch ein anständiger Mensch sein, der eine Frau mit einem großen Sohn heiratet. Er hat da eine schwere Verantwortung übernommen. Du solltest dich bei ihm entschuldigen.«

Keine Antwort. Man sah sogar seinem steif gewordenen Rücken die Abwehr an.

»Oder du machst ihm ein kleines Geschenk. Etwas, das ihm zeigt, dass er nun zu euch gehört und dass auch du schätzt, was er für euch tut«, fuhr ich fort.

Da sah er mich rasch an. »Ein Geschenk. Ich wüsste nicht was.«

Plötzlich schien es mir sehr wichtig zu sein, den jungen Burschen zu überzeugen. »Du weißt sicher etwas, was ihm Freude machen würde. Er hat vielleicht irgendeine Liebhaberei.«

Achselzucken. »Ich wüsste nichts«, sagte er zögernd. Dann, als erinnerte er sich an etwas, meinte er: »Letzthin hat er eine tote Fliege angesehen und gesagt, Fliegen hätten riesige Augen. Leider könne man es nicht genau sehen, alles sei viel zu klein. Und noch mehr solche Bemerkungen.«

Ich überlegte. »Schenk ihm eine Lupe« sagte ich, »deine letzte Runde geht durch die Stadt. Da kannst du das Geschenk noch kaufen.« Er antwortete nicht und machte sich auf den Weg.

Später am Abend, ich war daran, das Geschäft zu schließen, brachte er seine Abrechnung. Als er dann heimging, zog er aus seiner Tasche ein kleines Paket und flüsterte:

»Ich habe eine Lupe gekauft, aber er wird mich auslachen.«

Es war sehr gut möglich, dass der einfache Mann nicht verstehen würde, was sein Stiefsohn mit seinem Geschenk sagen wollte.

Die Festtage gingen vorbei. Es war kälter geworden, und der Schnee fiel weiß und dicht am Morgen, als ich wieder ins Geschäft ging. Ich schloss auf. Es war noch früh, Zeit genug, den leidigen Flitter herunterzuholen. Ich nahm eine Leiter und begann, an den Dingern zu zerren und sie zu lösen, und bald häufte sich zu meinen Füßen ein hoffnungslos verknotetes Silbergewirr.

Die Tür ging auf, und da stand der Bote. So früh am Morgen wie noch nie. Ich kannte ihn im ersten Augenblick nicht wieder. Er trug ein Paar neue Hosen, die endlich einmal seiner Körpergröße entsprachen, die Haare waren geschnitten und zurückgebürstet und ließen eine helle, hohe Stirn frei. Der ganze Mensch war dadurch seltsam verändert. Er schien auch sicherer zu sein.

»Lassen Sie mich das machen«, damit stieg

er an meiner Stelle auf die Leiter und nahm die glitzernden Dinger sorgfältig ab. »Hast du schöne Festtage gehabt?«, fragte ich.

»Hm«, war die Antwort, aber er strahlte.

»Und die Lupe?« Da saß er nun oben auf der Leiter, behängt mit Silberfäden, und erzählte: »Vater hat nicht gelacht. Im Gegenteil, er hat lange nichts gesagt und dann immer wieder gefragt, ob ich das Geschenk ohne die Mutter gekauft hätte. Und dann hat er mir gedankt. Vater hatte sich schon immer eine Lupe gewünscht. Schon in der Schule liebte er nur die Naturkunde. Aber da er elternlos war, kümmerte sich niemand um seine Wünsche. Jetzt ist er Lastwagenfahrer. Mit der Lupe haben wir dann seine Hand mit der Narbe betrachtet und Mutters Handarbeit auf dem Tischtuch und Schneeflocken von draußen, die wir mit unseren Rockärmeln aufgefangen haben. Zuletzt waren unsere Ärmel ganz feucht. Wir haben schrecklich gelacht, weil wir immer zu spät zur Lampe kamen, um sie genau zu betrachten. Die Schneeflocken schmolzen so schnell. Vater sagt, Sie sollen entschuldigen, aber ich müsse kündigen. Ich darf einen Kurs besuchen im Frühjahr, dann gehe ich in eine Lehre. Vater meint, ich kann das gut, weil er doch jetzt für mich sorgt. Er möchte nicht, dass ich ewig Austräger bleibe. Natürlich helfe ich Ihnen, bis Sie wieder jemanden gefunden haben. Vater sagt, man dürfe nicht so davonlaufen, nur weil man etwas Besseres findet.«

Er holte tief Atem. Vater sagt, Vater meint …

Mir wurde ganz eigen zumute, als ich mich nun nach dem Flitter am Boden bückte, um ihn endgültig zu entwirren. Es muss doch etwas in dieser seltsamen Zeit vorgehen, das noch immer auf die Menschenherzen wirkt, auch wenn wir uns dessen, vor lauter Flitterkram, oft nicht mehr bewusst werden.

Heidi Kohler

Festliche Invasion

»Weihnachten steht wieder vor der Tür«, überlegte ich laut, und schon fällt mir Ferdi, mein Mann, ins Wort: »Das eine sag ich dir, das diesjährige Weihnachtsfest möchte ich ganz allein mit dir verbringen! Langsam reichen mir diese Feste mit all deinen Alten, Kranken und Türken – so sympathisch sie mir auch sind.«

Er schüttete sich Haarwasser, einmassierend, auf den Kopf. »Von Jahr zu Jahr sind es mehr. Erst eine Türkin, dann zwei. Mal ist zufällig ihr Bruder oder ihre Nichte mit ihrem Mann zu Besuch, die auch gern ein deutsches Weihnachtsfest in einer Familie miterleben möchten. Frau Erna aus dem Altersheim bringt noch eine Freundin mit und – wie ich dich kenne – findest du im Kirchenchor sicher noch eine indische Krankenschwester, außer der Amerikanerin, die du schon angeschleppt hast und die sich bei uns heimisch fühlt. Es kommt noch zu einer festlichen Invasion!« Und tief Luft holend:

»Aber dieses Mal ohne mich – akzeptiere das, bitte!«

»Natürlich werde ich mich ganz nach deinem Wunsch richten.«

»Rede dich aus, wie du willst, aber halte sie mir nur ein einziges Mal vom Leibe.«

Dieser Gefühlsausbruch gab mir doch zu denken. Es musste ihm mies gehen bei seinem Herz- und Gallenleiden, da er in letzter Zeit so empfindlich war und kaum Besuch ertragen konnte. Mir zuliebe hat er viel mitgemacht, manchmal Ja gesagt, wenn er Nein meinte. Nun hat er Rücksichtnahme verdient. Und alles auf Ferdis Unpässlichkeit schiebend, schrieb ich den Freunden und Bekannten das Nötige.

Zwei Wochen vor dem Fest wurde Ferdi krank. Die Galle spukte, und Schmerzen plagten ihn. Ein Klinikaufenthalt war nötig. Als ich wieder einmal in der Klinik an seinem Bett saß, flüsterte er: »Wie schön hatte ich es mir mit dir ausgemalt. Nun wirst du die Feiertage ganz allein verbringen müssen.«

»Mach dir keine Sorgen! Wie du weißt, bin ich ein Mensch, der gut allein sein kann.

Wichtig ist nur, dass du bald wieder auf die Beine kommst!«

Heiligabend, nach meinem Kirchgang, war eine Stille um mich, dass ich beinahe eingenickt wäre, wenn nicht heftiges Schellen an der Tür mich hätte aufschrecken lassen. Beim Öffnen sah ich in zwei strahlende Gesichter. Frau Erna – als habe sie keine Absage erhalten – mit ihrer Freundin aus dem Altersheim. Ich nahm liebevoll ihre Hände und zog sie ins Zimmer. Sie redeten gleich munter drauflos – alle Neuigkeiten mussten sofort berichtet werden –, so dass ich keine Fragen stellen konnte. Eben bestaunten sie den Tannenbaum, als es abermals läutete. Missverständnis, dachte ich beim Anblick meiner türkischen Freunde, und musste herzlich lachen – bis ich ein schlafendes Kind in den Armen eines mir noch unbekannten Mannes sah – ein Grieche wurde mir vorgestellt, Freund der Türken. Eine festliche Invasion, würde Ferdi sagen. Behutsam legten wir das Kind in mein Bett. Ich war dankbar für diese Ablenkung, und mein Herz wurde froh. Wir lauschten andächtig den Weihnachtsweisen, die aus dem Radio erklangen und sangen dreisprachig die bekanntesten Lieder mit. Während des Glockenspiels war ich mir nicht sicher – hörte ich da nicht auch die Türglocke oder das Telefon? Schlecht hören kann sie gut, pflegte Ferdi zu sagen. Seltsam, Ferdi war auch mein Gedanke, als ich mich zur Tür hinbewegte, wo es mir glatt die Sprache verschlug: »Du?«

»Bin nur über die Feiertage beurlaubt – freust du dich nicht?«

»Doch, doch, sehr!« Ich erdrückte ihn fast zwischen Tür und Angel und raunte ihm ins Ohr: »Ich bin nicht allein. Alle sind sie wieder da.«

»Wirklich, alle, denen du abgesagt hattest?« Er grinste ein wenig unverschämt, schien mir, und ich bat: »Mach ein nettes Gesicht!«

»Und ob!« Er fasste mich um die Taille und führte mich, fast übermütig, ins Zimmer. Ich sah in verschmitzte Gesichter, die ihn alle auffällig freundlich begrüßten. Er schaute sich um.

»Suchst du was?« Nickend ging er aus dem Zimmer und stand bald darauf strahlender

Laune – so, als wäre er soeben Vater geworden – mit dem Kind auf dem Arm vor dem buntgeschmückten Tannenbaum. »Jetzt erst sind wir vollzählig«, sagte er und ergänzte, mich liebevoll anblickend: »Meine Weihnachtsüberraschung für dich – wir schaffen sicher noch eine internationale Weihnachtsfeier.«

Erika Deichl

Der alte Johann und die Weihnachtsbäume

Seinen Nachnamen kenne ich gar nicht. Wir nannten ihn alle nur »den alten Johann«. Als ich noch klein war, hatte ich ein bisschen Angst vor ihm. Sein Gesicht war verbittert und sah aus wie zerknautschte Pappe. Er trug stets Gummistiefel und einen grünen Arbeitskittel, in dessen Taschen er seine riesigen Hände steckte, wenn er mit jemandem sprach.

Ich konnte ihn nicht verstehen, denn er sprach Plattdeutsch und das sehr undeutlich. Meine Mutter bekam aber meist raus, was er wollte, wenn er sie mal ansprach.

Im Advent ging der alte Johann von Haus zu Haus und erbettelte ein paar gute Sachen, die er den Tieren im Wald bringen wollte. Er bat nicht für sich selbst, immer nur für die Tiere, und die Bewohner im Dorf wussten das und gaben ihm Äpfel, Heu, Hafer und andere Leckereien, die der Johann dann in den Wald brachte.

Einmal haben Vater und ich ihn begleitet, am Tag vor Heiligabend war das. Ich werde niemals vergessen, wie das damals war. Es hatte geschneit, und dick eingemummelt folgten wir dem alten Johann in den Wald. Vater trug ein Bündel Heu auf dem Rücken und einen Korb in der Hand, den Mutter mit Äpfeln und Nüssen gefüllt hatte. Der alte Johann trug einen großen Sack, den er sich über die Schulter geworfen hatte, und ich hatte meinen Ranzen auf dem Rücken, in den meine Mutter und ich Päckchen mit Sonnenblumenkernen, Hirsekörnern und allerlei Samen gepackt hatten, für die Vögel. Lange marschierten wir schweigend durch den Schnee, bis Johann stehenblieb und den Sack auf der Erde absetzte. Er packte ein paar schrumpelige Äpfel aus, bohrte mit einem Schraubenzieher ein Loch hinein und zog einen Bindfaden durch das Loch. Dann verknotete er die Enden und hängte die so entstandene Weihnachtskugel an einen Tannenzweig. Ein Apfel nach dem anderen schmückte bald den Baum und viele weitere Bäume. Wie schön das aussah!

Das Heu verteilten wir an trockenen Stellen unter den Bäumen, und die Samen und Nüsse streuten wir auf den Schnee. Dann breitete mein Vater eine Decke auf einem Baumstamm aus, und wir tranken einen Becher heißen Tee.

»Hach, dat is wat Feines!«, schwärmte Johann und grinste von einem Ohr zum anderen. Dabei entblößte er sein Gebiss, das aus drei Zähnen bestand, die ein einsames Dasein in seinem Mund fristeten. Mutter hatte uns ein paar Butterbrote eingepackt, die wir mit gutem Appetit verspeisten. Mit jedem Bissen wurde Johann gesprächiger, und von da an hatte ich auch gar keine Angst mehr vor ihm. In allem, was er uns erzählte, zeigte sich seine Liebe zu den Tieren, und wer Tiere so sehr liebt, der muss ein gutes Herz haben.

Johann ist nun schon viele Jahre tot. Ich denke noch oft an ihn, besonders in der Adventszeit, denn dann gehe ich mit meinen Kindern in den Wald, und wir schmücken die Bäume mit Äpfeln und Nüssen. Die Kinder lieben diese Tradition genau wie ich. Natürlich nehmen wir auch Tee mit und Plätzchen. »Hach, dat is wat Feines!«, rufen die Kinder dann, und bevor wir nach Hause gehen, stimmen wir gemeinsam ein Weihnachtslied an. »Oh Tannenbaum, oh Tannenbaum, wie treu sind deine Blätter!«

Regina Meier zu Verl

er Weg nach Mallaig

Sein Wunschzettel war dieses Jahr kurz. Er enthielt nur ein Wort: »Schottland«.

Schottland! Das war schon immer sein Traumland gewesen. Und so hatten ihm seine erwachsenen Kinder eine Flugreise nach Schottland geschenkt. Reisebeginn: drei Tage nach Weihnachten.

Es war nicht leicht für ihn aufzubrechen und sich aus der weihnachtlichen Atmosphäre zu lösen, die aus Aufwachen ohne Wecker, überraschenden Gesprächen, frischer Winterluft und gutem Essen bestand. Aber es hatte auch seinen Reiz, aus dem tief verschneiten Berlin nonstop nach Glasgow zu fliegen und die Welt von oben zu sehen.

Glasgow erwartete ihn mit Regen und bunten Lichterketten. Der Zug brachte ihn noch am selben Abend nach Nordwesten in ein Schneetreiben hinein, das in der früh einsetzenden Dunkelheit unsichtbar wurde. Aber was er zwischendurch auf den kleinen, verschlafenen Bahnhöfen in der schwachen

Beleuchtung sah, machte auf ihn einen stillen, verwunschenen Eindruck.

Müde kam er abends in Fort William an und fand in einer Pension ein Quartier bei zwei älteren Damen, die sich freuten, ein paar Pfund zu verdienen.

Es war der zweite Tag in den Highlands. Von seinem Fenster aus konnte er den schneebedeckten Gipfel des Mount Nevis sehen. Großartig, dachte er, wie Nebel und Schnee den Berg immer wieder neu dekorieren.

Er packte seinen Rucksack, nahm Handschuhe und Stirnband mit und wanderte nach dem reichhaltigen schottischen Frühstück los, über die schneebedeckten Glens, an deren Südseiten grüne Flächen freigetaut waren.

Oberhalb einer Ortschaft begann ein steiniger Pfad, der über einen sanften Pass führte, zum Meer hin allmählich wieder an Höhe verlor und in Mallaig, einer kleinen Hafenstadt, enden sollte. Zum Glück hatte es aufgehört zu schneien.

Bald sah er die bunten Häuser von Mallaig unter sich liegen, die sich um eine Meeresbucht drängten. Über der glitzernden Fläche des Wassers kroch eine Fähre von der Insel Skye zum Festland und hinterließ eine silbrige Wasserspur.

Allmählich hörte der Steinweg auf und verwandelte sich in einen Lehmpfad, der sich durch die hügelige Heidelandschaft zog.

Gerade überlegte der Weihnachtswanderer, ob er wohl noch vor der Dunkelheit Mallaig erreichen würde, da rutschte er auf einer nassen Wurzel aus, ruderte mit den Armen in der Luft und fiel so ungeschickt neben den Weg, dass er mit dem Kopf auf einen Stein aufschlug und es ihm schwarz vor Augen wurde.

Als er wieder zu sich kam, stand ein Mann neben ihm. Sein Bart und seine Haare leuchteten feuerrot, und er trug so etwas wie ein langes Regencape.

»Komm mit, Gregor!«, sagte er.

»Woher kennen Sie meinen Namen«, fragte der Wanderer erstaunt und stand auf. Es ging ganz gut. Offensichtlich hatte er sich nichts gebrochen.

»Komm mit!«, wiederholte der Rothaarige.

»Wo ... wo geht es denn hin? Ich muss hinunter nach Mallaig!«

»Vergiss Mallaig«, sagte der andere nur und wies auf eine Brücke neben dem Weg. »Da hinüber!«

Gregor war noch unschlüssig, ob er wirklich mitgehen sollte. Woher kannte der Mann seinen Namen? Ob die beiden älteren Damen in Mallaig angerufen hatten, um ihn bei diesem Wetter abholen zu lassen? Sie waren ja rührend um ihn besorgt gewesen.

»Nein!«, sagte Gregor. »Ich ... ich komme nicht mit, bis Sie mir gesagt haben, wo es hingeht.«

Der Rothaarige blieb stehen und musterte ihn.

»Wir gehen zu einer Neujahrsfeier.«

»Neujahrsfeier? Aber wir haben doch gerade erst Weihnachten.«

»Weihnachten!« Der Fremde sprach das Wort mit Verachtung aus und spuckte dabei auf den Boden. »Ein grauenhaftes Fest. Göttliches Kind, Ochs und Esel, Sterne, Engel und angeblich auch noch weise Männer. Verdammte Kindereien, die den Leuten die

Sicht vernebeln. Ich biete dir ein Fest, bei dem es hoch hergeht. Los, komm!«

Dabei packte er Gregor am Arm und zog ihn mit und Gregor spürte, dass er gegen diesen Mann keine Chance hatte.

Jetzt waren sie an der Brücke angelangt. Sie sah alt, aber stabil aus und spannte sich über ein Tal.

Der Fremde schob Gregor auf die Brücke, und ihm blieb nichts anderes übrig, als hinüberzugehen.

Als er die andere Seite erreichte, sah er eine riesige, rechteckige Blockhütte mit einem Grasdach. Stimmenlärm und dumpfe Trommelschläge drangen nach draußen.

Wieder packte der Fremde Gregor am Oberarm und zerrte ihn zu dem Haus. Er öffnete die Tür, gab Gregor einen Schubs und brüllte: »Ein weiterer Gast!«

Ohrenbetäubendes Kreischen war die Antwort.

Gregor blickte sich um. Es war eine große Halle, voll gestellt mit Bänken und Tischen. Obwohl kein Feuer brannte, war es warm, fast stickig. Von der Decke hing eine kahle

Fichte mit der Spitze nach unten, als hätte man den Weihnachtsbaum entkleidet und an den Füßen aufgehängt. Männer und Frauen saßen an langen Tischen, aßen und tranken. Es herrschte ein wildes Stimmengewirr. Lampen schaukelten hin und her und beleuchteten unruhig die Szene.

»Setz dich, Gregor«, sagte sein Begleiter und drückte ihn auf einen freien Platz.

Von allen Seiten wurde er offen gemustert, aber die Blicke waren kalt und abschätzend. Irgendetwas fehlt hier, überlegte Gregor. Es waren nicht die Getränke und das Essen. Davon war reichlich vorhanden: Platten mit gebratenem Fleisch, knuspriges Brot, Gemüse, Bier und Wein. Dann fiel es ihm ein: Es fehlten Kinder. Sie rannten normalerweise bei Festen umher, kreischten, spielten in einer Ecke oder waren auf dem Schoß von irgendwelchen Erwachsenen eingeschlafen. Aber hier gab es keine Kinder.

»Wo sind die Kinder?«, fragte er auf Englisch seine Nachbarin.

Sie betrachtete ihn, als ob er etwas Ungehöriges gesagt hatte. »Kinder? Wir brauchen keine Kinder. Lästige Zwerge, die einem das Leben vermiesen und die Zeit stehlen.«

»Aber Kinder gehören doch dazu, besonders in der Weihnachtszeit und ...«

»Halt die Klappe und nimm dieses abscheuliche Wort nicht in den Mund!«, sagte sie mit unterdrückter Wut in der Stimme.

»Gut, aber ... ich meine, wir erinnern uns in dieser Zeit doch daran, dass selbst Gott ein Kind wurde ...«

»Gott?« Die Frau lachte schallend auf, eine Spur zu laut. »Es gibt keinen Gott. In welcher Welt lebst du eigentlich?«

Gregor wollte etwas erwidern, wurde aber abgelenkt, weil ein Mann auf einen Stuhl stieg und ein Lied sang, das Gregor nicht kannte. Ein paar Leute fielen mit ein. Und dann stand plötzlich Gregors rothaariger Begleiter neben ihm, gab ihm einen Schubs und sagte: »Ein Lied! Wir wollen ein Lied hören!«

Er zog Gregor hoch und deutete auf seinen leeren Stuhl. Gregor stieg nur widerwillig hinauf und überlegte, was er machen sollte. Ihm fiel nur ein einziges Lied ein, dessen erste Strophe er auf Englisch kannte: »Oh come, all ye faithful, joyful and triumphant – Herbei, o ihr Gläubigen, fröhlich triumphierend ...«

Er sang los, aber das war wohl genau das falsche Lied. Die Leute um ihn herum fingen an zu kreischen, machten einen höllischen Lärm, hielten sich die Ohren zu und trampelten mit den Beinen. Zwei zogen ihn vom Stuhl, einer hielt ihm den Mund zu, und Gregor merkte, dass die Hand grauenhaft stank. Dann wurde ihm schwindlig und kalt, er verlor den Halt und stürzte zu Boden.

Aber statt dass er auf dem Boden der Halle lag, fand er sich auf dem Hügel wieder, wo er den Rothaarigen getroffen hatte. Nur war er diesmal allein.

Sein Kopf schmerzte. Er sah Schnee, Gras und Steine. Mühsam erhob er sich und blickte sich erstaunt um. »Hab ich geträumt? Was war das?«, murmelte er.

Unter ihm lag immer noch Mallaig, und die Fähre war ein winziges Stück weitergefahren. Es waren also nur ein paar Sekunden vergangen. Weit und breit war keine Brücke zu sehen.

Gregor fror entsetzlich und beeilte sich, so schnell wie möglich nach Mallaig zu kommen.

Bei einem Pub, dessen Aushängeschild beleuchtet war, kehrte er ein. Und das Erste, was ihm in dem mit Holz getäfelten Raum auffiel, war das Feuer im Kamin. Er steuerte darauf zu, setzte sich auf einen Hocker daneben und rieb sich die Hände warm.

Am Tresen, der aus Natursteinen gebaut war, saßen und standen ein paar Männer und nickten ihm stumm zu. Einer lehnte lässig mit Kilt an der Theke. In seinem rechten Strumpf steckte ein Messer. Ein Wirt war nirgends zu sehen. Wohltuende Stille herrschte im Raum, nur zwei Männer unterhielten sich halblaut.

Plötzlich knarrte es, und neben ihm, keine drei Meter entfernt, kam eine füllig gebaute Frau vom oberen Stockwerk die Treppen herunter. Sie ließ sich Zeit, warf Gregor nur einen Blick zu und ging hinter die Theke.

Seufzend erhob sich Gregor von seinem behaglichen Platz und gab, wie es hier üblich war, seine Bestellung direkt ab.

»Die Küche ist heute geschlossen«, sagte die Wirtin auf Englisch in einem singenden Tonfall. »Der Koch ist krank.« Sie lächelte, Gregor sah ihre Zahnlücken, während sie auf Gälisch hinzufügte: »Nollaig chridheil huibh! – Merry Christmas!«

»Nolligg Chridil hiw!«, ahmte er die Worte nach und fuhr fort: »Dann geben Sie mir bitte ein Guiness.« Er wartete, bis es gezapft war, zahlte und begab sich wieder an seinen Platz am Kamin.

Wie er so dasaß, von seinem Bier trank, das warme Feuer im Rücken und die Wirtin hinter dem Tresen, die ihm frohe Weihnachten gewünscht hatte, kam sie ihm vor wie ein Weihnachtsengel, der eben aus dem Himmel herabgestiegen war. Ein schottischer Engel mit barocker Figur.

Albrecht Gralle

Jesu Geburt

Es begab sich aber zu der Zeit, dass ein Gebot von dem Kaiser Augustus ausging, dass alle Welt geschätzt würde. Und diese Schätzung war die allererste und geschah zur Zeit, da Quirinius Statthalter in Syrien war. Und jedermann ging, dass er sich schätzen ließe, ein jeglicher in seine Stadt.

Da machte sich auf auch Josef aus Galiläa, aus der Stadt Nazareth, in das judäische Land zur Stadt Davids, die da heißt Bethlehem, darum dass er von dem Hause und Geschlechte Davids war, auf dass er sich schätzen ließe mit Maria, seinem vertrauten Weibe; die war schwanger. Und als sie daselbst waren, kam die Zeit, dass sie gebären sollte. Und sie gebar ihren ersten Sohn und wickelte ihn in Windeln und legte ihn in eine Krippe; denn sie hatten sonst keinen Raum in der Herberge.

Und es waren Hirten in derselben Gegend auf dem Felde bei den Hürden, die hüteten des Nachts ihre Herde. Und des Herrn

Engel trat zu ihnen,
und die Klarheit des
Herrn leuchtete um
sie; und sie fürch-
teten sich sehr. Und
der Engel sprach zu ih-
nen: Fürchtet euch nicht!
Siehe, ich verkündige euch
große Freude, die allem Volk widerfahren
wird; denn euch ist heute der Heiland geboren, welcher ist Christus, der Herr, in der
Stadt Davids. Und das habt zum Zeichen:
Ihr werdet finden das Kind in Windeln ge-
wickelt und in einer Krippe liegen.
Und alsbald war da bei dem Engel die Menge
der himmlischen Heerscharen, die lobten
Gott und sprachen: »Ehre sei Gott in der
Höhe und Friede auf Erden bei den Menschen seines Wohlgefallens.«
Und da die Engel von ihnen gen Himmel
fuhren, sprachen die Hirten untereinander:
Lasst uns nun gehen gen Bethlehem und die
Geschichte sehen, die da geschehen ist, die
uns der Herr kundgetan hat.
Und sie kamen eilend und fanden beide,

Maria und Josef, dazu das Kind in der Krippe liegen. Da sie es aber gesehen hatten, breiteten sie das Wort aus, welches zu ihnen von diesem Kinde gesagt war. Und alle, vor die es kam, wunderten sich über die Rede, die ihnen die Hirten gesagt hatten. Maria aber behielt alle diese Worte und bewegte sie in ihrem Herzen. Und die Hirten kehrten wieder um, priesen und lobten Gott für alles, was sie gehört und gesehen hatten, wie denn zu ihnen gesagt war.

Lukas 2, 1 – 20

Frieden

Frieden haben heißt,
sich getragen wissen,
sich geliebt wissen,
sich behütet wissen,
heißt, still,
ganz still werden können ...

Dietrich Bonhoeffer

Autoren und Quellen

S. 10ff.: Prem Rawat aus: Prem Rawat, Der Papagei, der alles wusste und nichts konnte, © Gütersloher Verlagshaus, Gütersloh 2018 – S. 13f.: Verfasser unbekannt – S. 15ff.: Günther Schulze-Wegener – S. 19ff.: © Rita Kusch – S. 25ff., 100ff.: © Elke Bräunling – S. 29ff.: Hansjürgen Weidlich – S. 38ff.: Verfasser unbekannt – S. 45ff.: Verfasser unbekannt – S. 48f., 126: Albert Schweitzer – S. 52ff.: Rosemarie Eick – S. 58ff.: Hans-Christian Andersen – S. 69ff.: © Monica Maria Mieck – S. 72, 97, 189: Dietrich Bonhoeffer aus Dietrich Bonhoeffer Werke, © Gütersloher Verlagshaus, Gütersloh – S. 73ff.: © Werner Milstein – S. 78ff.: © Elena Riemann – S. 82ff.: © Christine Jakob – S. 86ff.: Anton Jansen – S. 89ff.: Ingrid Wohlgemuth – S. 95f.: Khalil Gibran – S. 103ff.: Robert Walser aus: Robert Walser, Sämtliche Werke in Einzelausgaben. Herausgegeben von Jochen Greven, Band 5: Der Spaziergang. Mit freundlicher Genehmigung der Robert Walser-Stiftung, Bern. © Suhrkamp Verlag Zürich 1978 und 1985 – S. 108ff.: Andrea Schober – S. 113ff., 172ff.: © Regina Meier zu Verl – S. 116ff.: Verfasser unbekannt – S. 120f.: Verfasser unbekannt – S. 122: Luise Rinser – S. 123ff.: Regula Meyer – S. 127ff.: Rainer Maria Rilke – S. 129ff.: Ursula Berg aus Ursula Berg: Gute Gedanken wärmen das Herz. Geschichten von Freude, Hoffnung und Zuversicht zu Advent und Weihnachten. © Echter Verlag Würzburg 2015, S. 104 – 107 – S. 133ff.: Norbert Lohfink – S. 136f.: Elli Michler aus: Elli Michler: Dir zugedacht. © Don Bosco Medien GmbH, München, 22. Aufl. 2014, www.ellimichler.de – S. 140ff.: William Sydney Porter – S. 151ff.: Gerhard Oellinger – S. 157ff.: Hans Orths, © Marlene Orths – S. 161ff.: Heidi Kohler – S. 167ff.: Erika Deichl – S. 176ff.: © Albrecht Gralle – S. 186ff.: Die Bibel, Lutherübersetzung 2017

Bibliografische Information der Deutschen Nationalbibliothek
Die Deutsche Nationalbibliothek verzeichnet diese Publikation
in der Deutschen Nationalbibliografie; detaillierte bibliografische
Daten sind im Internet über https://portal.dnb.de abrufbar.

climate-id.com/12559-1708-1001

Verlagsgruppe Random House FSC® N001967

1. Auflage
Copyright © 2018 Gütersloher Verlagshaus, Gütersloh,
in der Verlagsgruppe Random House GmbH,
Neumarkter Str. 28, 81673 München

Umschlagmotiv: © isavira – Fotolia.com
Druck und Bindung: GGP Media GmbH, Pößneck
Printed in Germany
ISBN 978-3-579-08713-9

www.gtvh.de